レベル
の
〜探索
著†御峰。
イラスト†竹花ノート

鈴木日向
Hinata Suzuki
《すずきひなた》
生まれながらのレベル0。本人は無能と思っているが、レベルが0のままスキルを獲得して最強の探索者に!?
レベル0の無能探索者と
最強レベルの美少女二人が
出会ったら——!?

神楽詩乃（かぐらしの）
Shino Kagura
全ての音を拾ってしまう最強レベルの能力ゆえに、普段から耳を塞いでおり、人を近付かせない孤独な毎日を送っている。
神威ひなた（かむいひなた）
Hinata Kamui
あらゆるものを凍らせる最強レベルの能力を持つ。感情で冷気を出すため人が近付けず孤独な毎日を送っている。

ポロポロと涙を流しながら、
彼女は申し訳なさそうな表情で
俺を見上げた。
「だから……その点………
攻撃したわけじゃ………
ごめんなさい」

「そ、そうだったんだ！
こちらこそ、怖い想いまでして
助けてくれたのに、ごめん！」

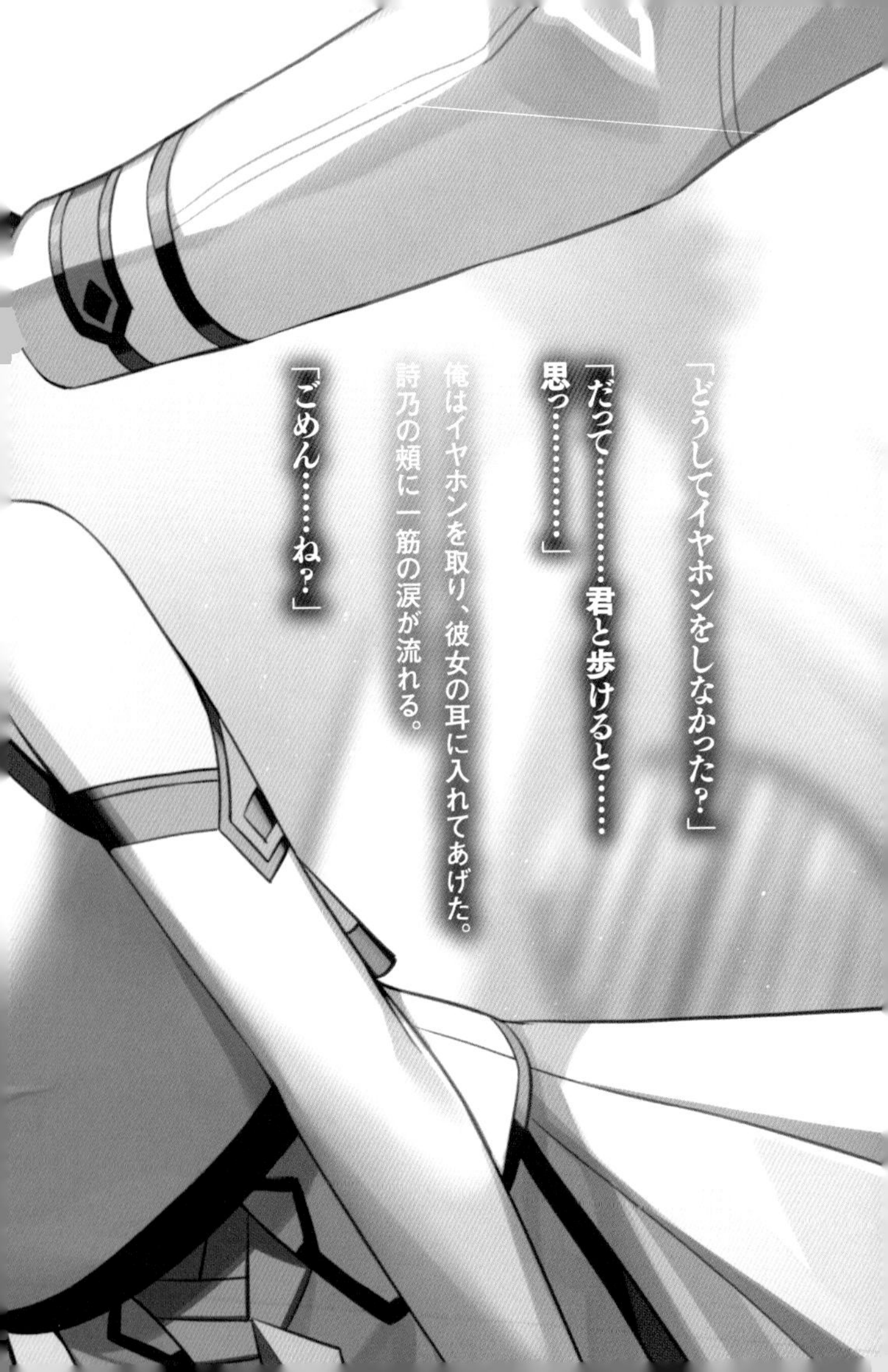
「どうしてイヤホンをしなかった？」

「だって……君と歩けると……思っ……」

俺はイヤホンを取り、彼女の耳に入れてあげた。

詩乃の頬に一筋の涙が流れる。

「ごめん……ね？」

CONTENTS

レベル0の無能探索者と蔑まれても実は世界最強です

～探索ランキング1位は謎の人～

第０話	プロローグ	p 10
第１話	入学	p 11
第２話	初めてのダンジョン	p 35
第３話	探索者	p 61
第３.５話	不思議な彼（神威ひなた視点）	p 76
第４話	相談事	p 81
第５話	神威ひなた	p 100
第６話	Ｅランクダンジョン１１７	p 125
第７話	詩乃	p 164
第７.５話	魔石Δ	p 184
第８話	覚悟	p 188
第９話	パーティー結成	p 221
第10話	愚者ノ仮面	p 253
第11話	無能探索者の本懐	p 289
第12話	エピローグ	p 315
特別ＳＳ	ひなたと詩乃のお茶会	p 328

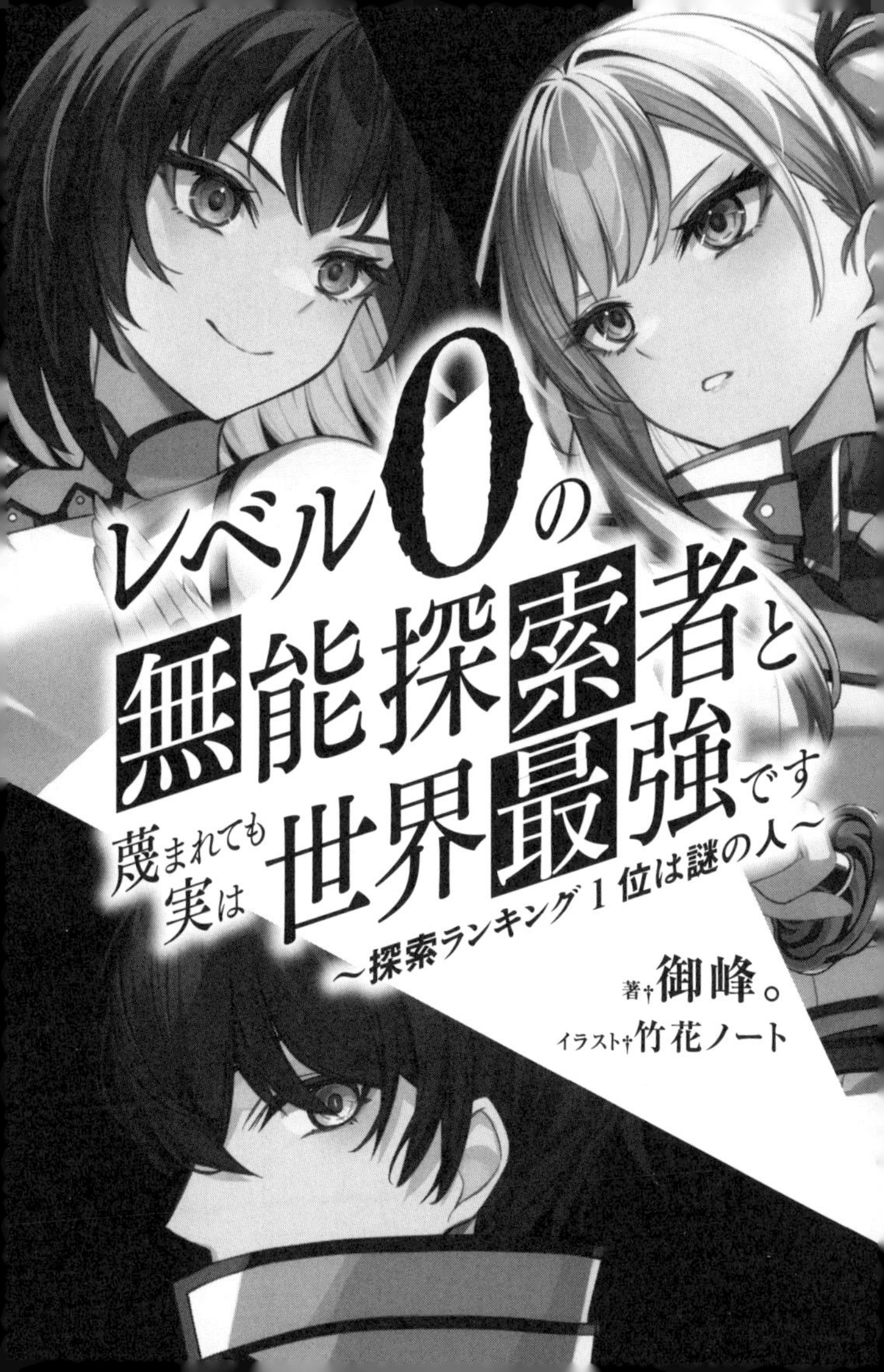

レベル0の
無能探索者と
蔑まれても
実は
世界最強です
～探索ランキング1位は謎の人～
著†御峰。
イラスト†竹花ノート

レベル0の無能探索者と蔑まれても実は世界最強です
～探索ランキング1位は謎の人～

第0話　プロローグ

自然破壊が進みゆく地球に対して、女神は人々に試練を与えるために世界のあらゆる場所に『ダンジョン』を出現させ、『期間内に探索ランキングで一定数値を残さなければ人間は滅びるでしょう』と言い残した。

探索ランキングに突如として登場した謎の1位の存在により、世界は大きく変わっていく。

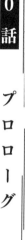

第1話　入学

レベル0の無能探索者と蔑まれても実は世界最強です
〜探索ランキング1位は謎の人〜

「ぎゃーははははは！　万年レベル0の日向様のお通りだ〜！」


嫌みたっぷりの声が響くのは、俺が通うことになる誠心《せいしん》高校の正面玄関だ。

その声が向けられているのは他の誰でもない俺だ。そして、目の前で俺を馬鹿にするのは、高校生になってすぐに探索者となった荒井《あらい》凱《がい》くんだ。

地球にダンジョンが出現してから、人類には『レベル』という概念が生まれた。レベルが生まれたせいで、世の中はますます弱肉強食が広がっている。

その対象になっているのが今の俺だ。

俺は生まれながらにしてレベル0で、探索者として生きるのは不可能と言われた。レベル0は珍しいからとすぐに噂《うわさ》となり、住んでいた町で俺がレベル0だと知らない者はいない。

と思ってわざわざ遠くの高校を受験して入学したのに……よりによって、ここに凱《がい》くんがいるとは思いもしなかった。

「なああ、日向《ひなた》。俺はもう探索者になったんだぞ～ほれほれ～」

目の前に右手の甲を見せつけてくる凱《がい》くん。

そこに刻まれているのは不思議な模様の『探索者ライセンス』という印で、探索者の証《あかし》だ。

探索者ブームが到来して、日本国民の全員が右手の甲にライセンスを宿している。ただ、全員がダンジョンに行っているのかというと、そうではない。

ダンジョンは、普段の生活からは想像もできないような世界で、何と魔物という怪物達が生息しているからだ。

魔物は人間より遥《はる》かに強く、時折『イレギュラー』と呼ばれる強力な魔物が現れ甚大《じんだい》な被害に遭う場合もあり、探索は常に命懸けとなる。それも相まって基本的にはパーティーと呼ぶチームを組んで挑むのが定石だ。

「す、凄《すご》いね……！　凱《がい》くん」

「だろう～？　お前もせいぜい頑張れよ～探索者になれないと思うがな～ぎゃーははは！」

せっかく高校デビューができると思っていたのに、まさか彼が入学しているとは思わず、これで周りにレベル０なのがバレてしまった。

俺は右手に黒い手袋を着用している。手の甲を人に見せないためだ。それが……全く意味を成さなくなった。

周りから白い目で見られ笑われるのを感じる。今までそうだったように。

――「本日の探索ランキングは～」

ちょうど空を飛んでいる飛行船からアナウンスが流れる。

ダンジョンが生まれた時、世界には『探索ランキング』というのができたらしい。俺が生まれるよりもずっと前のことなので、俺はダンジョンと探索ランキングがない時代は知らない。

探索ランキングとはダンジョンで活躍した探索者を自動的に数値化して表記しているらしく、毎日四回決まった時間に、ああやって飛行船を使って知らせてくれる。

トップ百人しか載らない探索ランキングに入り、名前が載った探索者は俺達からすれば英雄であり、憧れだ。

俺が空を見上げていると、周りからざわつきが起きる。

何かあったのだろうか？

周りをキョロキョロすると、正面玄関に日の光を受けて眩《まばゆ》く輝く銀色の髪をなびかせた美少女が降り立った。

すぐ隣に立っていた二人の男子生徒が話し始めた。

「おい見ろよ。ひなただぞ」

「あれが最強高校生ひなた様か。噂《うわさ》には聞いていたけど、偉い美人だな」

「声かけたら付き合ってくれねぇかな？」

「やめとけ。あんな美人で最強だぞ？　一生のうち一度でも声かけられたら喜ぶレベルだね」

「違いねぇ～」

彼らは彼女のことを知っているようだ。

どうして銀色の髪なのかは理解できないけど、最強という言葉は彼女が既に探索者であることを示している。

それに周りに放っている気配から、珍しい力を持っているか、または強いのだと思う。


今の人類は生まれてすぐに探索者としての『潜在能力』を検査する。

潜在能力が高ければ高いほど、レベル上昇でより強くなれる。

そのこともあって潜在能力の高さに応じて、ランク付けされ、国から受けられる補助が決められる。

最低がFランクで、最高はSランク。

Sランクの子供が生まれた家庭は、豪邸が立つと言われているが、俺は言うまでもなくFランクなので、そういう恩恵は全くない。Fランクは補助対象外だからだ。

ひなたと呼ばれる彼女は、周りに視線一つ移すことなく、正面を堂々と歩き校舎に入って行った。

案内に従って廊下を進むと全校生が入っても余るほど大きい体育館に着いた。

決められた所に並んで、校長先生のありがたい話を聞き終えると、生徒会長が出てきて挨拶を始めた。

「では最後にSランク探索者の――――神威《かむい》ひなたくんだ」

生徒会長の紹介で、ひなたと呼ばれていた彼女が登壇した。

その美貌はモデルや俳優と言っても過言ではないし、何より腰まで伸びている美しい銀髪にひきつけられる。

軽く会釈《えしゃく》して生徒会の面々と並んだ彼女は、唯一無二の輝きを放っていた。

「入学前から生徒会入りかよ～やっぱSランクは優遇されてんな～」

「それに神威《かむい》財閥の令嬢だろ？　女神様は人に二物は与えないというのにな～」

「そんなわけないだろう～金持ちの家に生まれて最強で美人だぜ？　二物どころか三物くらい貰《もら》ってるぜ～羨まし～」

大勢の生徒から羨望《せんぼう》の視線を一身に受ける。

それは俺が想像するよりも遙《はる》かにしんどいことだと思う。

周りから期待されるってどういう気持ちだろう…………俺はそういうのを体験したことがないが、きっと大変なんだろうなと思う。

生徒会長の話を聞き流しながら、美しく輝く彼女に目を奪われ続けた。

入学式が終わり、クラスにやってきた。

そこで一つ困ったことになった。周りの――特に男衆から刺すような視線を感じる。

その理由は、俺の前に銀色の天使がいるからだ。

Sランク探索者である神威《かむい》ひなたさん。

まさか同じクラスで、席順により俺の前に座っている。

黒板を眺めるだけで必ず彼女が視界に入る。

これはある意味嬉《うれ》しいことなのだが、高校デビューに失敗したので、できるだけ目立たないようにしたい。だけど別の意味で目立っている。

「では、これから軽く自己紹介をしてもらうか。席順からいこう」

担任の青柳《あおやぎ》先生の合図で、自己紹介が始まった。

みんな自分の名前や卒業した中学校のことを話したり、部活の予定などを話した。

そして、俺の前の番。目の前の銀色の天使が立ち上がる。

ふわりと揺れる髪は、映画でも見ているかのようで、彼女の甘い香りが広がった。

「神威《かむい》ひなたです…………」

「「…………」」

「…………」

「「「？？？」」」

そして、座り込む彼女。

ええええ!?　それだけ!?

周りからは「何をお高くとまってるんだ」と嫌みの声が聞こえてくる。

「ごほん。次」

「は、はい！」

急いで立ち上がると、勢いよく俺の椅子が後ろに倒れる。

大きな音に自分で驚いてしまうと、クラス中から笑いが起きる。

急いで椅子を立てて自己紹介をする。

「恵蘭《えらん》中学校から来ました。鈴木《すずき》日向《ひなた》といいます」

名前を言った瞬間、周りがざわつき始める。

それもそうだよな………目の前の彼女と同じ名前だから。

「得意なことがないので部活はまだ決めていません………あと寮暮らしです」

名前以外は全く興味がなかったようで、クラス中に冷たい空気が広がるのを感じる。

「え、えっと………仲良くしてくれると嬉《うれ》しいです」

無難に自己紹介を終えた。

◆

初日のカリキュラムが終わり、早速寮に向かう。

誠心《せいしん》高校は寮の施設がかなり充実していて、学校のすぐ隣の敷地に大きなマンションが建っている。

寮は全部で三棟あり、それぞれ一年生、二年生、三年生の建物だ。

凄《すご》いと聞いていたものの、まさかここまで大きいとは思いもしなかった。

正面玄関の上に大きな看板でそれぞれ一、二、三と表記されている。

事前に言われていた通り、一の看板が掲げられた寮に入った。

「初めまして。寮母の清野《せいの》です。以後お見知りおきを。鈴木《すずき》日向《ひなた》くん」

入ってすぐにとある女性が声をかけてきた。

「あれ？　どうして僕の名前を？」

「寮母ですから、これから寮暮らしの生徒達の顔と名前は既に覚えています。こちらにルールブックがありますので、必ず目を通しておいてください」

年齢は四十代くらい、年齢以上に綺麗《きれい》な顔立ちだが、目元が鋭いのが相まって、どこか冷たいイメージを抱く。

ただ……入学前から寮暮らしの俺達の顔と名前を覚えているくらいだから、その優しさは本物だと思う。

玄関で少し待たされると、数人の生徒がやってきてまとめて説明を受けた。

俺の部屋は三階の三〇七号室。部屋の中は十畳と広く、ベッドが一つ、机と椅子が一組、クローゼットもある。それに一人一室与えられる。

寮といえば、共同部屋のイメージがあったけど、誠心《せいしん》高校は探索者を手厚くサポートしており、寮も彼らのためにあるようなモノだそうだ。

それを知らずに入った俺は、寮生の中でも既に浮いた存在になっている。

正直……知っていれば、別の高校にしていた。手厚くサポートしている時点で気付くべきだったな……。

荷物は段ボール箱が一箱が届いており、すぐに開けて片付ける。

元々片付けは嫌いじゃないし、得意な方なので段ボール箱の中身を整理できた。

ガチッ――。

一息つくために椅子に座ると、静かな部屋の中に時計の音が響き渡る。

今日は入学日であり入寮日なので、寮生達の親睦会が開かれるため食堂に向かう。

食堂に向かっている他の寮生達をちらっと見ると、どの寮生も右手の甲にライセンスが刻まれていた。

やってきた食堂のテーブルにそれぞれの名前が書かれていて、俺の名前が書かれた場所に座って、ほどなくして親睦会が始まった。

「では、これから節度を持って寮生活を送ってください」

大人なら酒だろうけど、未成年者の飲酒は禁止されているので、それぞれお茶やジュースが入っているコップを掲げて、入学と入寮を祝った。

各テーブルは四人ずつ座るようになっていて、俺が座っているところには女性が一人、男性が二人座っている。

それぞれ自己紹介をする。そこで問題になったのは、みんなが潜在能力のランクまで明かしていることだ。

「いいわね～ちょうどランクも近いし、みんなでパーティー組まない？」

「お～いいね。俺もパーティーメンバー探していたところだったからな」

「うんうん。僕もいいよ。むしろメンバーがいなくて困っていたところだよ」

まだ俺だけ自己紹介をしていないのに、一瞬で仲良くなった三人は即座にパーティーを組むことになったみたい。

他のテーブルも近い潜在能力ランクの人達の間でパーティーの話が出ている。

「あれ？　そういえば、君は？」

女子生徒が俺に話を振った。

「え、えっと、俺は鈴木《すずき》日向《ひなた》。その……探索者はFランク………」

「ええええ⁉　Fランクで寮に入ったの⁉」

彼女の驚く声が食堂に響くと、周りの寮生達が一斉にこちらに注目した。

「ご、ごめん」

彼女は申し訳なさそうに両手で謝るポーズを取る。

俺がFランクだと知り、食堂が微妙な空気になって、冷たい視線が集まるようになった。

「でもまぁ、探索者以外でも寮生になる人がいるんだね。初めて知ったよ」

正面の男子生徒が驚く。

「えっと、誠心《せいしん》高校の寮って探索者以外は珍しいのか？」

「そりゃ珍しい。そもそも誠心《せいしん》高校は探索者を優遇するために設立された学校だからね」

「やはりか……」

碌《ろく》に調べもせず、ただ寮が充実しているところばかりが目に入り、迷わず入学してしまった。

というか潜在能力部分にFランクって書いたはずなのに、どうして入学できたのか。

「呆《あき》れた～その手袋はライセンス隠し？」

「えっ？　う、うん」

「ふふっ。でもFランクだからって活躍できないわけではないからね」

「えっ⁉　それってどういうこと？」

思いもしなかった答えが、俺の興味をそそる。

「潜在能力が低いからといって、必ず探索者として弱いわけではないのよ。それこそ潜在能力がAランクの探索者だとしても、能力属性次第では伸びない人もたくさんいるのよ。Sランクだけは別格だけどね」

「あ～Sランクはやべぇな。三組にSランクが一人いるみたいだしな」

「氷姫様《こおりひめ》だろう？」

氷姫様《こおりひめ》？　どうしてか気になる言葉だ。

「うんうん。生徒会の挨拶ん時もずっとムスッとしていたしね。誰とも話さないみたいだよ？」

ムスッとしていたという部分から、おそらくひなたさんのことだろうな……。

「ご、ごめん。さっきの話、もう少し詳しく教えてくれない？」

「ん？　ランクの話？」

「うん」

「いいよ～ランクというのは、あくまで潜在能力をランク分けにしているだけで、潜在能力が高いからって必ずそのランクの強さになるとは限らないんだよ。例えば、潜在能力はあくまで潜在なのであって、それを全て開花させられるとは限らない。それに強くなるのは潜在能力ではなく現実の能力で、レベルの差が一番大きいんだ」

「そ、そうだったんだ！」

「そうよ。だから君も頑張っていれば、報われる日が訪れると思う。潜在能力自体が戦闘向きではない人もたくさんいるし。ただ、Fランクで大成したって人は聞いたことがないけどね」

「その通りだぜ。レベルさえ上げれば、誰にでもチャンスがあるんだ」

「レベル……」

「俺達探索者はレベルを上げて戦力を上げてこそ強くなれるからな。もちろんその力をしっかり使いこなすための訓練も大事だけどな。まずはレベルからだな」

レベル。その言葉に俺はハンマーで頭を殴られたような衝撃を感じる。

Fランクであっても希望があるなら頑張りたい。だが俺のレベルは――0だ。

レベルは基本的に1から始まるので、俺のレベルが0なのは俺だけレベルが存在しないと言われているのと同じことだ。

それにレベルを上げる方法としては、探索者としての力を使い続けたり、ダンジョンで魔物を倒したりしなければならない。

魔物を倒した方が得られる経験値が多く、レベルも格段に上がりやすいが、魔物との戦いは命懸けだからデメリットも大きい。

探索者になれるのは高校生からだが、それまでの日常生活で多少はレベルが上昇し、平均五になると聞いたことがある。

魔物を倒さなくても、日常生活を繰り返すだけで、十までは上がるという。

「みんなは……まだダンジョンには入っていないよね？　今のレベルを聞いてもいいかな？」

「俺は６だな」

「僕は４」

「私は５よ」

やっぱりちゃんとレベルが上がっているんだ。

…………。

親睦会が終わり、俺は絶望を抱えたまま、部屋に戻った。

俺のレベルは０。

高校生になるまでの生活でもレベルが上がることはなかった。

◆

誠心《せいしん》高校に入学して数日。

俺はただただ虚無感を抱えて生活していた。

授業を受けて、部活を探す気分でもないので真っすぐ寮に戻り、自室に籠もる。

ご飯も他の寮生と被《かぶ》らない早い時間帯に食べて、勉強を続ける。

でもどこか心に開いた大きな穴のせいで、勉強も何もかも手に付かない。

元々ひとり親のうちの家計を少しでも支えられたらいいなと思い、誠心《せいしん》高校に入学したのもある。父親は物心ついた時からいなかった。理由も聞いていないので分からない。

そういう理由もあり、寮生となれば生活費も気にせず生活できるし、もし探索者になれば、普通の人では手にできないほどの大金が手に入ると思った。

それで少しでも母と妹を楽にさせてあげたかった。なのに、俺の夢はレベル0という絶望に全て打ち砕かれた。

――ピロ～リン♪

俺のスマホから音が鳴る。俺のスマホを知っているのは、二人しかいない。

スマホを開いて、連絡用アプリ『コネクト』を確認する。

『お兄ちゃん！　新しい学校にはもう慣れた？　私も来年誠心《せいしん》高校に入学できるように頑張るからね～！』

…………。

…………。

俺が一人で寮生としてここでやっていくために、妹や母さんに甘えたくないと、次の長期連休まで連絡はしないようにお願いしている。

妹は家族思いだから、すぐに俺を心配して毎日連絡してきてしまいそうだから。

そう思うと、こんなところで諦めたら、我慢させている妹に顔向けができない。

レベル0だからって何だ。もしかしたら、ダンジョンで敵を倒したらレベルが上がるかもしれない。

Fランクだからってレベル0だからって未来が閉ざされたわけじゃない。

俺は妹からのメッセージが届いたスマホを握りしめた。

諦めたくない。

だから、初めてダンジョンに向かう決心をした。


次の日。

出かける前に一階にいる寮母さんを訪れた。

「おはようございます。日向《ひなた》くん」

相変わらずの無表情が冷たい印象を抱かせる。

「おはようございます。実は、初めてダンジョンに向かおうと思うんですけど、近くに初心者ダンジョンでおすすめ場所を教えてもらえませんか？」

すると、彼女は一枚の地図をとって前に広げてくれた。

「ここが学校でここから南に向かうと、初心者におすすめのEランクダンジョン117があります。ここなら一人でも入れると思います」

意外にも丁寧に教えてくれた。

「ありがとうございます」

「日向《ひなた》くん。探索者は命あってのものです。決して無理はせずに頑張ってください」

「はいっ……！」

寮母さんに礼を言って、寮を後にして教えてもらった通りに道を進んだ。

南に進んだところにダンジョンを管理している建物とダンジョン入口が見えてきた。

ダンジョンは基本的にそれに見合ったライセンスを持っていないと、入場する前に止められる。入口前にはゲートが作られていて、誰かが見張っているのだ。

ダンジョンは常に死と隣り合わせ。国としてはダンジョンの強さに見合わない人は入れさせたくないからだ。

ダンジョン入口の前に立つ建物の中に入る。

受付がある二階に上がって、中に入った。

「いらっしゃいませ。初めてでしょうか？」

すぐに綺麗《きれい》な女性の声が聞こえてくる。

「はい。初めてです」

「その制服は誠心《せいしん》高校の生徒さんですね。ではこれからライセンスを付与致しますので、少々お待ちください。そこの水晶に手を当てるとご自身の潜在能力ランクが見れますよ」

この水晶は潜在能力を調べる水晶で、触れるとそのランクに応じた光を放つ。Fランクから

Sランクまで七つの色に分けられていて、Sが赤、Aは橙《だいだい》、Bは黄、Cは緑、Dは青、Eは藍、

Fは紫だ。

「あれ……？　箱がない……？　裏かしら」

受付周りをアタフタ探しているお姉さんが小さく呟《つぶや》いた。

「ライセンス付与箱を持ってきますので、こちらで少々お待ちください」

受付のお姉さんが慌ただしく、受付の裏に消えていく。

待っている間に久しぶりに水晶に手をかざしてみる。

水晶は――――黒い色に染まっていく。

これが俺がレベル0と言われる所以《ゆえん》だ。

潜在能力は色があるからこそ、ランク付けされるのだが、俺は黒色――――つまり、色がないと判断され能力なし、レベル0というわけだ。

それにその予想は正しく、俺のレベルは未《いま》だ上がったことがない。

そんなことを思いながら、水晶に長時間手をかざし続けていた。

真っ黒な闇が水晶から不気味に溢《あふ》れると、どんどん大きくなっていく。まるで俺の心を見透かしたように。

俺はただただ溢《あふ》れる闇に複雑な想《おも》いに駆られていた。

レベルが0から上がらないという絶望を示す闇。

溢《あふ》れてくる闇にどんどん飲み込まれていく。部屋中が闇に巻き込まれているとも気付かずに。


「お待たせしまし————あれ？　誰もいない？　もしもし～あれれ？　さっきの生徒さん……帰っちゃったのかな？」

彼女は誰もいなくなったカウンターで大きく溜息《ためいき》を吐《つ》いた。

◆

「う、うわあああああああああああ！」

地獄に落ちる————という言葉を思い出すくらい、真っ暗なところから落ちていく感覚。

一体何が起きているんだ⁉

たしか、受付で水晶に触れていたはずなのに、気が付けば暗闇の中、ただただ落ちている。

何も見えない。全身に感じるのは高い場所から落ちていく感覚だけ。

「な、何だ⁉」

急に足首を摑《つか》まれる感覚から、足元を見つめるけど、暗闇で何も見えない。

次の瞬間。視界が一気に広がる。

落ちていると感じていたのだが、ちゃんと地面に立っていた。

「こ、ここはどこだ⁉」

必死に周囲を見渡してみても、薄暗い景色で遠くがよく見えない。空の上には星々が輝いているので夜っぽいけど、全体的に霧がかかった景色に思わず息を呑《の》んだ。

さらに追い打ちをかけるのは、遙《はる》か遠くにお城のようなものが見える。現実からあまりにもかけ離れた風景に呆気《あっけ》に取《と》られる。

《困難により、スキル『ダンジョン情報』を獲得しました。》

えっ⁉　ダンジョン⁉

そ、そうか！　この不思議な景色はダンジョンの中だったんだ！

覚悟はしていたのだけれど、初めて入るダンジョンに何もかもが不安で仕方ない。

《スキル『ダンジョン情報』により、『ルシファノ堕天』と分析。》

ルシファノ堕天？　このダンジョンの名前か？　そんな名前は聞いたこともないけど、俺が向かうはずだったEランクダンジョン117ではないのか？

ダンジョンは全て数字で管理されているはずなのに、ここには名前が付いている？

《困難により、スキル『周囲探索』を獲得しました。》

今度は何だ⁉

声が聞こえた直後から、何故《なぜ》か周りがより手に取るように分かる。

そこで感じるのはあまりの禍々《まがまが》しさ。耐えられない悪寒《おかん》が俺を襲う。あまりの衝撃に、その場に自分の胃の中のものを吐き出した。

《困難により、スキル『異物耐性』を獲得しました。》

また……また新しいスキルというのを獲得したんだ。そもそも『スキル』って何だ？　聞いたこともないぞ？

その時、悪寒《おかん》とはまた違う痛みを感じた。

全身を襲う激痛に、声すら出せずその場に倒れた。

《困難により、スキル『状態異常耐性』を獲得しました。》

《困難により、スキル『状態異常耐性』が『状態異常耐性・中』に進化しました。》

だ、誰か…………助けて…………。

《――――『状態異常耐性・大』に進化しました。》

《――――『状態異常耐性・特大』に進化しました。》

《――――『状態異常無効』に進化しました。》

頭に不思議な言葉が何度も鳴り響いて、俺はそのまま気を失った。

新規獲得スキル

フェイト			
			Fate

アクティブスキル			
	周囲探索		
			Active skill

パッシブスキル			
	異物耐性		
	状態異常無効		
	ダンジョン情報		
			Passive skill

レベル０の無能探索者と蔑まれても実は世界最強です
～探索ランキング１位は謎の人～

第２話　初めてのダンジョン

目が覚めたらベッドの上――であってほしかったけど、やっぱりダンジョンの中だった。

ダンジョンの中で気を失ったらほぼ死ぬと聞いていたのに、どうやら生きているようだ。

というか、気を失う前に色々スキルを獲得したという変な声が頭に直接響いていた。

あれは本当だったのだろうか？

《困難により、スキル『スキルリスト』を獲得しました。》

ん？　スキルリスト？

すると目の前に不思議なウィンドウが現れる。

映画とかで見たことがある宙に浮いたウィンドウで、どうやら俺の視界に張り付いてるみたいで視界を動かしてもウィンドウは全くズレない。

そこには七つのスキルが書かれていた。

『ダンジョン情報』『周囲探索』『異物耐性』『状態異常無効』『体力回復・中』『空腹耐性』『スキルリスト』の七つだ。

おそらく俺が倒れている間に『体力回復・中』『空腹耐性』を獲得したのだろうな。

ということは、俺が倒れていても、俺の意思と関係なくスキルを獲得するんだ。

一眠りしたからか、頭がすっかり冴《さ》え渡《わた》っている。少なくとも昨日のような驚きよりは、現状を受け入れることができている。

ひとまず冷静に現状を分析する。

俺はなぜか分からないが、ダンジョンの中に入れたのだと思う。

その証拠にダンジョン情報によって、このダンジョンの名前が『ルシファノ堕天』ということまで分かっている。

次は、何かが起きる度にスキルというのを獲得していることについて。

これはとても便利で、中でも『空腹耐性』のおかげなのか、気を失って起きたはずなのに空腹感がまったくない。

さらに『周囲探索』のおかげなのか、周りが認識できるようになった。これはとても不思議な感覚で、第二の自分がパソコンの画面から俺を中心としたマップを見てるかのような感覚。

何とも言えない感覚だけど、おかげで周囲の状況が手に取るように分かる。

気絶していたのに無事だった理由としては、たまたま周囲に魔物がいなかったからだ。

それと空気に『絶大毒素』『絶大麻痺素《まひそ》』が含まれていて、息を吸えば吸うほどに毒状態と麻痺《まひ》状態に陥るらしい。これも周囲探索で分かるようになった。

獲得したスキル『状態異常無効』がなければ、死んでいたと思うとゾッとする。

ということで、この安全圏がいつまで安全なのか分からないので、道を進もうと思う。

ひとまず出口は見あたらないので、出口を探しながら進んでみよう。

暗闇にも少しずつ慣れてきたが、霧のせいか中々目視はできないな。不思議と空に浮かぶ星々や遠くのお城は見えているんだがな……。

《困難により、スキル『暗視』を獲得しました。》

うわっ⁉

急に視界が緑色に変わって、めちゃくちゃ見晴らしがよくなった。

これなら歩きやすいし、岩とか魔物とか目視できそうだ。

後方には道がないので、前方に続いている道を慎重に歩き始める。

昔、ダンジョンに興味があった俺は『ダンジョン入門書』というのを読んでいた。

ダンジョンにはトラップと呼ばれるモノがあって、踏むと魔法が発動して飛ばされたり、大爆発が起きたり、様々なデメリットが発生すると書かれていた。

目視でトラップを見分けることは不可能って書かれていたので、ダンジョンを進むのが少し怖くなるが、トラップは低難易度ダンジョンにはほぼ出てこないと書かれていたので、ここがEランクダンジョン117なら問題なさそうだ。

それでも心配なのでゆっくり進むと、小さな池が見えてきた。

『空腹耐性』があるものの、喉は渇いたので水が飲めるのは非常に助かる。

近づくと、直径三メートルくらいの小さい池で、傍《そば》から湧き水が流れていた。

それにしても暗視のせいなのか、池の色が変に見えるけど、喉を潤したい一心で池の水を手ですくって飲み始めた。

…………めちゃくちゃ変な味がする。

喉が渇いていなかったら、とても飲みたいと思えない味だ。

《危機により、スキル『体力回復・中』が『体力回復・大』に進化しました。》

は？　危機⁉　どうしてだ⁉　周囲探索で敵っぽいものは全く見当たらなかったんだけど⁉

周りを隈《くま》なく探しても敵の影は全く見えない。

もしかして虫型か？

全身を探してみても、小さな虫は見つからない。

………となるとだ。もしかして、この池の水か？

たしか、変な味がしていたんだが………。

俺は恐る恐る池の水をすくって、隣の岩にかけた。

ジュワッ――――と音を立てて岩はみるみる溶けて跡形もなく消え去った。

「えええええ⁉　この池の水って猛毒だったのかよ！」

思わず、溶けた岩に向かってツッコミを入れてしまった。

普通の湧き水だと思って飲んだけど、状態異常無効がなかったら………。

ダンジョン内ではもっと慎重にしなくちゃいけないと改めて思った。

猛毒の池の水はもう飲まないことにして、さらに道を進む。

両脇が大きな山になっていて、道が段々細くなった。とてもじゃないが、山を登れるとは思えない。絶壁に近いからだ。

道が曲がりくねっていて、山に阻《はば》まれて遠くは見えない。そんな道を慎重に進むと周囲探索に今まで感じたことがない存在を感知した。

俺は岩の陰に隠れて、恐る恐る進んでいき、その存在を遠目から確認する。

そこにはゲームやアニメに出てくるような恐竜ティラノサウルスに似た魔物が、恐ろしい眼《め》を光らせながら周囲の獲物を探していた。

ダンジョンは命懸けとよく聞いていたが、その理由がようやく分かった気がする。

スライムやらゴブリンやら最弱魔物から戦って徐々に強くなるのが普通だというのに、ティラノサウルスは見た目だけでも超強力魔物なのが分かる。

この先を進むにしても一本道しかない。

さすがに戦えるはずもないので、ティラノサウルスがいなくなるまで一旦引き返そうとしたその時。

俺は足元にある木の枝に気付かず、踏んでしまった。

バギッ――――と静かな周囲に木の枝が折れる音が鳴り響く。

もちろん、ティラノサウルスの鋭い眼光がこちらを向いたのは言うまでもない。

これはまずい！

そう思った時には、既に来た道を全力で戻っていた。

しかしティラノサウルスは俺を見逃すはずもなく、巨大な身体《からだ》なのに凄《すさ》まじい速度で追いかけてくる。

巨体が走る音が段々と近くなって、全身から焦《あせ》りの汗が吹き出る。

《危機により、スキル『速度上昇』を獲得しました。》

言われなくても分かるわ！

あんな巨体の魔物に踏まれたり噛《か》まれたら一瞬で終わるわ！

ただ、速度上昇を獲得したおかげで、走る速度が明らかに上昇した。

それでもティラノサウルスを振《ふ》り解《ほど》けず、段々と距離が近くなる。

《危機により、スキル『速度上昇』が『速度上昇・中』に進化しました。》

《――――『速度上昇・大』に進化しました。》

《――――『速度上昇・特大』に進化しました。》

《――――『速度上昇・超絶』に進化しました。》

少しずつ距離が離れていくのを感じる。明らかに俺の走る速度が速くなっている。

気付けば、完全にもといた道に戻ってきていて、池がある場所にやってきた。

もちろん速くなったのはいいことだ。これならあの巨体からも逃げられるだろう。

だがしかし、それも逃げ道があればの話だ。

獲得したスキルのおかげで距離を離せるようになったのに、まさか逃げ道がもうないという現状に絶望が訪れる。

振り向いた俺の視界に映ったティラノサウルスは、そろそろ食べられると言わんばかりに涎《よだれ》を垂らしながら俺にゆっくり一歩ずつ近づいてくる。

く、くそ……このまま戦うか？　でも俺に戦うことができるのか？

こんなところで死ぬわけにはいかないので、ティラノサウルスと戦う覚悟を決める。

何となく俺がピンチの時に新しいスキルを覚えるから、あのティラノサウルスと戦えば、何かしらの新しいスキルを獲得するかもしれない。

そう思うと、自然と口角が吊《つ》り上《あ》がり、心の中から勇気がわいてくるようだ。

グルァァァァアアアアア！

目の前で大きな咆哮《ほうこう》を放つティラノサウルス。

いやいやいやいや！　いくら何でもこんな魔物を倒すとか無理だろう！

ティラノサウルスが勢いよく跳び上がり、俺を踏みつけようとする。

それを横に跳んでギリギリ避ける。

ティラノサウルスが一歩一歩大地を揺らす中、俺は必死になって避け続けた。

何とかしなければ、このままでは死んでしまう。

そう思いながら無我夢中で避け続けているうちに、ティラノサウルスがこちらに跳んでこなくなった。

「ん？　どうした？　もう疲れたのか？」

俺もずいぶんと息が上がっている。このままでは喰《く》われるのは時間の問題だ。

《危機により、スキル『持久力上昇』を獲得しました。》

これは助かるっ……！

少し上がっていた息が正常に戻った。

これなら持久戦に持ち込んで、位置を変えて逃げ切ることもできるかもしれない。

それにしても、ティラノサウルスがこちらを睨《にら》み、咆哮《ほうこう》を放つだけで攻めてこない。

一体どうしたんだ………？

その時、俺の後ろから水の流れる音が聞こえた。

水？

周囲探索で周囲を確認すると、ちょうど俺の後ろに先ほどの猛毒の池があることに気付いた。

あれ？　もしかして、ティラノサウルスもこの猛毒は怖いのか？

念のため、猛毒の池の水を手ですくってみる。

状態異常無効のおかげなのか、俺の手は全く溶ける気配はなく、ただの水にしか感じない。

だが、俺の手からこぼれた水滴は、地面に落ちるや否《いな》や、地面を焦がして鼻をつく臭いを発生させる。

俺が一歩前に出ると、ティラノサウルスが一歩後退する。

そうか！　やっぱりお前はこの猛毒の水が怖かったんだな！　でも残念――俺にこの猛毒は効かない！

俺は両手ですくった水を全力でティラノサウルスに投げつけた。

猛毒の水が当たると、ティラノサウルスは悲痛な叫びを上げて、その場に転がり始める。

それをただ眺めていられるほど俺には余裕がないので、急いで猛毒の水を手ですくって、痛そうに転がっているティラノサウルスに掛けてはまた池に走ってを繰り返す。

獲得した速度上昇のおかげなのか、自分が思っていた以上に速く動けるために、ティラノサウルスの外面がどんどん溶けてダメージを負っていった。

それを何度も何度も繰り返して、気が付けばティラノサウルスは動かなくなった。

俺が読んだダンジョンの入門書では、倒したと思った時こそ、魔物が狙っている可能性があるそうで、相手が死んだと思える時こそ気を付けろと書かれていた。

余裕のない俺はその言葉を信じ、倒れたと思えるティラノサウルスに、もう一度池の水をすくってきて掛けてみた。それでようやくティラノサウルスが倒れたと確信することができた。

倒したティラノサウルスの皮膚は半分ほどが溶けてはいるが、中の骨は健在だ。猛毒の水でも骨は溶けることなく残っている。

もしこの骨を利用することができれば、もっと楽にダンジョンを攻略できないか？

《閃《ひらめ》きにより、スキル『魔物解体』を獲得しました。》

閃《ひらめ》き……？

今獲得した魔物解体は倒した魔物に使えるスキルのようだ。

スキルの内容を知らないけれど、獲得した瞬間にそう感じるからだ。

この感覚から、獲得しているスキルには直接使用するタイプと常時発動しているタイプに分かれているのが分かる。

スキルリストを開いてみると、感覚通りに直接使用するタイプが『アクティブスキル』、常時発動しているタイプが『パッシブスキル』という項目に分類されていた。

どっちがいいとかではなく、それぞれをしっかり認識することが大事だと思われる。

今の俺のアクティブスキルは『スキルリスト』と『周囲探索』、『魔物解体』だけだ。

早速獲得した魔物解体を使って、ティラノサウルスを解体させてみる。

ティラノサウルスの全身を不思議な光の粒子が包むと、亡骸《なきがら》が白い光に染まり、一瞬で解体された骨や皮が地面に並んだ。それと大きな紫色の宝石が目立つがこれは『魔石』と呼ばれている宝石だ。

魔石は不思議な力が込められていて、今の世界ではなくてはならない物となっている。

何故《なぜ》なら世界で賄っている電力は、既存発電を廃止し、魔石発電に切り替えているからだ。

大昔は色んな発電があって、それで自然を破壊していたそうだが、それに怒った女神様が人間に試練を与えるためにダンジョンを作ったと伝わっている。入門書にそう書かれていた。

それもあって、クリーンエネルギーである『魔石発電』が主流になっていて、最近は魔石を用いた装備の『マジックウェポン』や『魔道具』まで開発されている。

まぁ、そんな難しい話はよく分からないが、少なくともこの魔石は高額で売れるはず。

大きさで値段が違うとされているが、目の前の魔石は直径三十センチほどの大きさだ。

Eランクダンジョンの魔物からは一〜三センチの魔石が落ちると入門書に書いてあったのに、古い入門書だから間違いだったのか？　それともイレギュラーの魔物だったりするのか？

ひとまず大きさについては置いておくとして、こんなに大量の素材と魔石……どうやって持ち運べばいいんだ？

魔物の素材で作った道具の中に、『マジックリュック』というのがあって、あれは普通のリュックと形と大きさは変わらないけど、中に大量の物を入れられる異空間となっているそうだ。

ただ、非常に高価で、駆け出しの探索者では手に入れるのは難しいと書かれていた。

そういや、スキルを獲得できるんだから、こういう素材を格納できるスキルなんて覚えたりしないかな〜？

…………。

…………。

ちょっとだけ期待したけど、そんなことはなかった。

《閃《ひらめ》きにより、スキル『異空間収納』を獲得しました。》

おおお！　願ってみるものだな！

早速覚えた異空間収納を使い、目の前の素材と魔石を異空間に入れてみる。

その場にあった素材が、嘘《うそ》のように一瞬で消え去る。

異空間収納の使い方は三種類あるようで、一つ目は前方十メートル以内の物を異空間に収納する。二つ目は、異空間に収納した物を外に取り出す。三つ目は、異空間に収納した物を確認する。

三つ目はスキルリストと似ていて、空中にメニュー画面のような画面が出てきて、中に入れてある素材の名前と量、写真が表記されている。さらに画面を出さなくても、念じれば脳内で映し出されるので迷うことなく取り出すことができて、とても便利だ。

もしや異空間収納で猛毒の水を収納したらどうなるのだろう？

試しに目の前の猛毒の池の水に異空間収納を使用してみる。が、池の水は収納することができなかった。

もしかしてダンジョンの中の物は収納できないのか？　それとも液体は無理なのか？

念のため、池の水を手ですくっても、収納はできなかった。

検証したいのは山々だけど、これ以上検証する方法がないので、この水を何とかできるものを手に入れたらまた来よう。

ティラノサウルスとの激戦を制して、俺はまた一本道を進んだ。

今回の一件で分かったのは、もしもの時は池に逃げ込んで猛毒を魔物に掛ければ何とかなるということ。

それともう一つ大きなことに気が付いてしまった。

それは――――ティラノサウルスを倒しても俺のレベルが上がった感じがしないこと。

昔の偉人は『0に何を掛けても0』という名言を残している。こういう場合、掛け算ではなく足し算になるはずだけど、そもそも空白とは違い、虚無であれば何も増やすことができない。

まぁ、今はまだレベルのことは置いておこう。

今は何故《なぜ》か獲得できているスキルを駆使して、外を目指すことが最優先事項だ。

検証が終わったので一本道を進み、ティラノサウルスがいた場所に着くと、ティラノサウルスほどの強力そうな魔物は見当たらないがいくつかの小さな魔物を見かける。

白い毛並みの、真っ赤な目を持った身体《からだ》が五十センチはある兎《うさぎ》魔物が所々にいる。

見つからないように慎重に進んでいく。

バギッ――――

またやってしまった。

静かだった周辺に響く木の枝が折れる音。

その音に釣られるかのように、周囲の兎《うさぎ》魔物が一斉にこちらに向かって駆けてきた。

《困難により、スキル『トラップ発見』を獲得しました。》

《困難により、スキル『トラップ無効』を獲得しました。》

この木の枝ってトラップだったのかよ！　だから気を付けて歩いていても見当たらなかった木の枝を踏むわけか！

何だかしょうもないトラップに二回も引っかかった気がするが、こちらにやってくるのは兎《うさぎ》魔物ばかり。

その速度は、申し訳ないがティラノサウルスに比べるものでもない。

ざっと十二体の兎《うさぎ》魔物がやってきた。

兎《うさぎ》魔物が俺に向かって飛びつくが、それを難なく避け続ける。

十二体が一斉に飛びついてきても、速度上昇・超絶のおかげなのか、まるで止まっているかのように反応できてしまう。

このまま避け続けても仕方がないので、そのまま殴ってみる。

うむ。全くダメージを与えているようには見えない。むしろ、俺の手が少し痛い。

ティラノサウルスの骨を取り出して武器にしてもいいが、素手で殴り続ける。

《経験により、スキル『素手強化』を獲得しました。》

きたきた！　これを待ってました！

レベルは上がらないが、困った状況を繰り返すと新しいスキルを獲得できるんだから、狙い通りの展開だ。特に今回は『経験により』という文言から経験でも獲得できるのがわかった。

それが一番大きい。

これで兎《うさぎ》魔物にダメージを与えられると思う。飛びついてきた兎《うさぎ》を避けて、パンチを叩《たた》き込む。さっきとはまるで違う打撃音が響いて、兎《うさぎ》魔物が大きく吹き飛んだ。

ただ一撃では倒せないようで、次々と兎《うさぎ》魔物達が飛んできては、それに合わせて避けながらパンチを叩《たた》き込む。

それを何度も繰り返す。

《経験により、スキル『素手強化』が『武術』に進化しました。》

《経験により、スキル『緊急回避』を獲得しました。》

狙い通りに素手強化が武術に進化し、避け続けたことで緊急回避を獲得できた。

緊急回避は俺にとって致命傷になる危険な攻撃を感知して、身体《からだ》が勝手に避けてくれる優秀なスキルだ。

それを試すためにわざと魔物の一撃に当たろうとしたら発動した。

ただ一つ気になるのは、スキルリストで確認したところ、緊急回避にはクールタイムが存在しているようで、使用後に文字が黒色から灰色に変わった。

灰色になった文字は、少しずつ本来の黒色に戻っていくので、試さなくてもその時間が経過しないと発動させられないのが分かる。

新しく獲得したスキルの検証と共に、戦いをも制して、倒した十二体の兎《うさぎ》魔物を解体する。

皮や骨、肉と共に五センチの紫魔石が見える。全部で十二個だ。

入門書に書いてあった一〜三センチの魔石よりも大きいので違うものなのか……？

悩んでも分かる術《すべ》がないので、ひとまず、全てを異空間に収納した。

それから魔物の気配から身を隠しながら道を進むと、道が二つに分かれて、左側は遠くに見えるお城に向かうと思われる道と、右側はその逆方向に続いていた。

もちろん目指すのは右側。

こちらの道にも当然のように兎《うさぎ》魔物がいて、さらには子豚魔物もいた。

Eランクダンジョンらしい弱い魔物ばかりなのが唯一の救いだ。

少なくともレベル0の俺でも倒せるんだから、余程弱いのだろう。

あのティラノサウルスは、おそらくフロアボスと呼ばれている魔物に違いない。もしかしたらイレギュラーだったりして……。

フロアボスというのは、各ダンジョンの最下層に存在する魔物で、特殊個体として君臨している らしい。

イレギュラーというのは、本来のランクには生息しないはずの強力な魔物が現れることを指し、出現する確率は宝くじを当てるように低いと言われているが、実際存在しているらしい。

もしティラノサウルスがイレギュラーだったなら、宝くじに当たったのか。

まぁ、宝くじなんて頼らず、魔石や素材を売って少しでも家計の足しにできるようコツコツ頑張っていこう。

今はとにかく生き延びて、手に入れた魔石と素材を持ち帰ることだけを目標に、一本道を歩き続けた。

道中で兎《うさぎ》魔物と子豚魔物を何十と倒した時、

《経験により、スキル『威圧耐性』を獲得しました。》

《経験により、スキル『恐怖耐性』を獲得しました。》

ん？　新しいスキルを手に入れたのはいいが、威圧と恐怖なんて感じてないんだけど……？

もしかして俺のレベルが0だからなのか……？　それならそれで非常にありがたい。

レベルが0から上がる気配がないので、それならせめてスキルとやらをたくさん獲得して

『頑張っていれば、報われる日が訪れると思う』という言葉を体現したい。

Eランクダンジョンではそれなりに戦えるようになって小型魔物達には勝てるけど、Eランクダンジョンなんてダンジョンの中では最下位だから大した戦力にはなれない。

それなら戦いで力になれなくても、周囲探索とかでメンバーのサポートくらいはできるかもしれないし、それならパーティーを組めるかもしれない。

ここでうぬぼれていては、難しいダンジョンに入った際、メンバーに迷惑を掛けてしまう。

なので、できうる限りたくさんのスキルを獲得する方向で頑張ろうと思う。

そう思いながら道を進んでいくと、霧がかかった暗い景色の中、遙《はる》か遠くに小さな光が見え始めた。

直感でそこが出口だと感じた。

俺は迷うことなく、光に向かって全力で走って、どんどん大きくなった光に飛び込んだ。

◆

「きゃあああああああ！」

気が付くと、目の前に受付のお姉さんがいて、俺を見て急に叫びながら後ろに倒れ込んだ。

「あれ!? だ、大丈夫ですか？」

「び、びっくりした！ あなたね！ 受付に入る時くらい物音を立ててちょうだい！ ん？ あなたって昨日の生徒さんじゃない？」

彼女が話した言葉に違和感を覚える。

「昨日……ですか？」

「そうよ。昨日来たでしょう？」

まさか……あれから一日も経《た》っていたのか？

「えっと、今日って何日ですか？」

彼女はカウンターに置かれていた小さなカレンダーを俺に見せてくれた。

そこに書かれている数字は、俺がダンジョンに入ってから一日経過していることを示していた。

「丸々一日………」

気絶していた時間が思っていた以上に長かったようだ。

それを考えたら、よく命を落とさなかったなと安堵《あんど》した。

「昨日はそのまま帰ったんじゃないの？　ライセンスはいらないの？」

「えっ？」

受付のお姉さんの質問に間抜けな返事をしてしまった。

「まだライセンスもないんでしょう？　ダンジョンに入るも入らないもライセンスがあれば、色々便利だからライセンスだけでも付与をおすすめするわよ？」

というのも、ライセンスを嫌う人もいて、中にはライセンスの付与を受けない人もいる。

だからなのか、俺がそういう人だと勘違いしたみたいだ。

「そ、そうですね。せっかくだからお願いします」

「はい。ではこちらの箱の中に右手を入れてちょうだい」

さっきのやり取りですっかり雰囲気が壊れて、丁寧語ではなくなったようだ。

俺は彼女に言われるがまま、自分の右手を箱の中に入れた。

箱の中から黒い靄《もや》が少し漏れてくる。

「えっ？　黒い……靄《もや》？」

おそらく潜在能力の靄《もや》だと思われる。

「俺は生まれながらレベル0なんです」

「えっ!?　レベル……0？」

「ええ」

初めて見る現象なのか、彼女があたふたするが次第に落ち着きを取り戻した。

「取り乱してしまってごめんなさい」

「いえ。大丈夫です」

受付のお姉さんは申し訳なさそうに言った。

でも一応Eランクダンジョンなら戦えることがわかった。

強力な魔物を倒せなくても、小さな魔石を集めて売れば、お小遣いくらいにはなるはずだ。

それなら家計の助けにもなるし、妹が欲しがる物を買ってやれるし何の問題もない。

ゆっくり手を引くと、右手の甲に『ライセンスの印』が刻まれていた。

「おめでとう。これで君も正式な探索者よ。探索者はダンジョンに潜る代わりに、常に危険が隣り合わせなのを理解して潜ってほしいの。ダンジョンで命を落とす探索者もたくさんいるわ。

入る時は、仲間と一緒に入るか、自分のレベルと難易度とよく相談して決めてね」

「ありがとうございます」

探索者になるための手続きにかかる費用は全て無料となっている。これは国が探索者を増やすためにやっていることだ。

でも彼女が言っているようにダンジョンで消息不明になる探索者も多くいるのが現状だ。

だから潜在能力のランクで差を作ったり、ダンジョンに入るにもレベルや潜在能力を求めたりする。

外に出ると、上空を飛んでいる飛行船から、探索ランキングが発表される。

「今回のランキングでは何と新しい探索者がランキング一位になりました〜！　ですが、何故《なぜ》か名前が載っておらず、その名は『?.?.?《アンノウン》』となっております！　しかも、その探索ポイントは圧倒的一位！　この数字は歴史上、今まで見たことがない圧倒的な数字です〜！」

へぇ……探索ランキングといえば、ダンジョンで探索を行うと、勝手にポイントが計算され、女神様が世界にもたらした『探索ランキング石碑』に百人まで表示されるはず。

今の一位は『?.?.?《アンノウン》』と書かれていて、隣に書いてあるポイントも二位のポイントと桁が一つ違うくらい離れている。

「一位か。いいなぁ………俺もいつか探索ランキングに載れたらいいなぁ」

まぁ、載りたい理由なんて特にはない。ただの憧れの一つだ。

それよりも俺はお金を稼いで、生活を安定させたいのが最終目標だ。

その日。
突如現れた新生『?・?・?・《アンノウン》』により、世界は大きく変わることになるのだが、それを知っている人は誰一人――アンノウン本人ですら気付いていなかった。

新規獲得スキル

フェイト

Fate

アクティブスキル

周囲探索
スキルリスト
魔物解体
異空間収納

Active skill

パッシブスキル

異物耐性
状態異常無効
ダンジョン情報
体力回復・大
空腹耐性
暗視
速度上昇・超絶
持久力上昇
トラップ発見
トラップ無効
武術
緊急回避
威圧耐性
恐怖耐性

Passive skill

第3話 探索者

レベル0の無能探索者と蔑まれても実は世界最強です
～探索ランキング1位は謎の人～

探索者になったのはいいが、一日中ダンジョンで気絶していたのを考えると、また入りたいとは思えない。

寮に帰る前にその足で『買取センター』を覗《のぞ》いてみた。

買取センターというのは、ダンジョンで手に入れた素材を買い取ってくれる場所で、運営は国が主体となって、いくつかの大きな企業と提携して運営されているそうだ。

買取センターの中は全部で3種類の場所に分けられている。

右は『レア品買取相談センター』、中央は『自動買取機』、左は『相場調査機』と書かれている。自動買取機及び相場調査機は匿名性のため、一人一台利用のようだ。使用する際には整理券をもらい、順番で使える平等性がある。

二十四時間運営されているが、レア品買取相談センターだけは運営時間が決められている。

相場調査機は素材やドロップダンジョンの情報まで簡単に調べることができるが、誰もが持っているスマートフォンでも調べられるので、利用している人は殆《ほとん》どいない。

まだ明るい時間だからか、人が少ない買取センターの中に入る。目的は『自動買取機』だ。

待ち人もいなかったので、整理券を受け取るとすぐに俺の番となった。

待合椅子に座ることなく、真っすぐ自動買取機の前に立つ。

電子音が響くと、俺が立っている場所を囲うように板が天井から降りてきて密室になった。

これも匿名性を保たせるための装置で、誰がどんな素材を売るのかを他人に見せないためだ。

自動買取機は右手にタッチ式モニターがあり、正面にある大きなカウンターに売りたい素材を置くことで買取機がスキャンした品目の値段を表示してくれる。

俺はダンジョンで手に入れた素材を異空間収納から取り出して、一つずつカウンターの上に置いた。

画面に『スキャン中です。』という文字が現れて、カウンター内に赤い光が照射されると、モニターに名前と値段が表示された。

最初に置いたのは、ティラノサウルスから出た三十センチの魔石だ。

『Xランク魔石：査定不可』

査定不可⁉

カウンターには『査定不可の時はレア品買取相談センターまで』と書かれている。

ひとまず、異空間収納に入れて、他の素材も試す。

『謎の骨：査定不可』、『謎の皮：査定不可』、『謎の皮：査定不可』

ティラノサウルスだけでなく、兎《うさぎ》魔物や子豚魔物の素材も全て査定不可とのことだ。

最後に兎《うさぎ》魔物や子豚魔物からドロップした五センチの紫魔石を置く。

『特殊魔石：３００，０００円』

小さな紫魔石がまさか三十万円もするとは思わず、その場で声を出しそうになった。

ダンジョン入門書に高値で取引されていると書かれていたけど、まさかここまで高いとは思わなかった。

何ならこの魔石だけで何十個もあるので、全部売れば相当金持ちになるんじゃないか？

ただ、いくら秘匿されているとはいえ、俺みたいな高校生が急に大金を持つと、色々悪意ある奴《やつ》から狙われるとテレビで見たことがある。

今のところは魔石一つだけ売って、現金にしたいと思う。

査定不可の素材は回収して、紫魔石を一つだけ売り出す。

カウンターが下がっていき、蓋が閉められる。もう一度査定が行われモニターに買取額が書かれて同意を求められる。もちろん、承諾だ。

次はモニターの下にある小さく人の手が描かれている円盤『決済板』にライセンスが刻まれている手を触れるように表示される。

右手で円盤に触れると、俺のライセンスの中に三十万円が入金されたと表示された。

これが俗にいう『ライセンス決済』というものだ。昔は通帳というものが存在していたようだけど、今は全てがこのライセンス決済になっている。

その一番の理由はライセンスは人ではなく女神様が司《つかさど》っているシステムなので、嘘《うそ》がないという利点がある。

この買取機も特殊な方法で作られていて、匿名を守れるようになっているそうで、これもまた女神様の力だ。

買取が終わり、退場ボタンを押すと壁が天井に戻る。

俺は初めての買取にご機嫌になって、買取センターを後にして寮に戻った。

この後、この一件が世界を巻き込むとんでもない事態になるとは思いもせずに。

◆

寮に戻ると、早速清野《せいの》さんが出迎えてくれる。

「おかえりなさいませ。昨日は帰ってきませんでしたね？」

「ただいま。昨日はダンジョンに入っていたのですいません」

「ダンジョンで活動なさっていたのなら仕方がありません。ですが決して無理はなさらないでください。何よりも命を大切にしてくださいね」

「えっと……信じてくださるんですか？」

「もちろんです。少なくとも、ボロボロになった制服を見て信じない人はいないでしょう」

清野《せいの》さんに言われて初めて自分の制服を見つめる。

まさかここまで汚れていたとは思わず溜息《ためいき》がでた。

寮では洗濯も自分でしなくちゃいけないので急いで洗濯することにする。

「鈴木《すずき》くん」

「はい？」

「――――探索者おめでとうございます」

「!? あ、ありがとうございます！」

そう言われると、自分が探索者になったことにようやく実感が湧いた気がする。

きっと化粧の仕方だと思うけど、清野《せいの》さんは少し冷たいイメージがあるが、俺を祝ってくれた笑顔はとても素敵だった。

自分の部屋に戻り、いつものジャージに着替えて、汚れた制服を持って洗濯場に向かう。

洗濯場は全ての寮の各階に設置されており、探索者を支援する寮らしいといえば寮らしい。

洗濯場に入ると見慣れない洗濯機が二台設置されていて、先客が一人洗濯機を使っていた。

ここにある洗濯機は普通の洗濯機ではなくて、『魔道洗濯機』と呼ばれる非常に高価なもので、魔石でしか動かないが代わりに高性能な魔道具になっている。

まさか寮に魔道洗濯機を置いてくれているとは思わず、驚いてしまった。

それに動作させるための魔石も、全て学校側負担なのを考えれば、探索者を目指す学生にとって最高の寮であるのは間違いない。

その時、先客の男子生徒が俺の汚れた服を見て大きく目を見開いた。

「凄《すご》い汚れだね。ダンジョン帰りかい？」

「あ、ああ。あまり慣れなくて」

「最初はみんな慣れなくて汚すよね」

「えっと、君も？」

「僕もそうだったね。初めまして。僕は藤井宏人《ふじいひろと》。よろしく」

「俺は鈴木日向《すずきひなた》。よろしく」

藤井《ふじい》くんは細身で可愛《かわい》らしい顔をしている。一見女子とも見違えそうだが体格は男性だ。座ったままだから分からないが、身長は俺より少し低いくらいか？

握手を交わして、空いていた洗濯機に汚れた制服を入れて『洗濯』というボタンを押す。

魔道洗濯機は、水を入れる必要も、洗剤を入れる必要もない。不思議な力で洗濯するのでそういう類《たぐい》のものは不要だ。もう一つの利点があるとすれば、水を使わないので乾かす必要がないから時間短縮にもなる。ただ、普通の洗濯機と違って中は覗《のぞ》けない。

洗濯機が稼働《かどう》したのを確認して、待ち椅子に腰を掛けると藤井《ふじい》くんが声をかけてきた。

「どこのダンジョンに行ってきたの？」

「Eランクダンジョン117に行ってきたよ」

「へぇー。偉いね。周りを見ると最初からDランクに行きたがる人ばかりなのに」

「まあ、俺は昨日初めて探索者になったからな。色々あって強制的に入れられてしまったけど、何とか無事帰ってこられたからよかった」

「え⁉　もしかしてダンジョンに一人で入ったの？」

「う、うん」

「危ないよ⁉　いくら最弱のEランクダンジョンとはいえ、最初はパーティーを組んでから入った方がいいよ？」

初めて会うというのに、本気で俺の心配をしてくれるんだな。

「そうだな。次からはそうするよ」

「もしあれだったら誘ってね？　僕もあまり強くないから大した戦力にはなれないけど……」

強い弱いとか俺には関係ないというか、そもそも俺はレベル0なので最弱で、俺にとってはある意味誰でも戦力になる。

そういう理由からも藤井《ふじい》くんの申し出は本当に嬉《うれ》しい。それが優しさから出ただけの言葉だったとしても。

いつか誘える時が来たらいいなと思いながら、藤井《ふじい》くんと会話を楽しんだ。

数分が経過すると藤井《ふじい》くんの洗濯が終わり、次の利用者が来たので藤井《ふじい》くんは先に部屋に戻って行った。

新しくやってきた生徒は俺に全く興味がないようで、会話を交わすこともなかった。同じ階で過ごしていても俺達はあくまで他人なのだ。

次の日。

ダンジョンで週末を過ごしたため、また新しい一週間が始まり、クラスに向かう。

相変わらず美しい銀色の天使が目の前にいるのだが、あまり直視しないようにしている。

クラス中の視線が天使よりも俺に刺さっているからだ――妬みという。

自然と前を向くだけで彼女を眺められる特等席というのは、クラスの中で最も羨ましがられる対象になってしまったようだ。

授業が終わると、クラスメイト達はいつの間にかできたグループで部活の話をしていたり、午後の予定を話し合っていた。

そんな中、俺はというと――

「おい。万年レベル０」

「や、やあ、凱《がい》くん」

「ちょっと面《つら》貸せよ」

「………分かった」

実は中学からの同級生である荒井《あらい》凱《がい》くんも同じクラスにいる。いつも通りの単調な言葉を送り合う。今までとそう変わらないように。

いつも通り俺を見下ろす凱《がい》くんだが、今までと大きく変わった点があった。

俺が彼に抱いていた感情は――――怖さだ。それがどうしてか全く感じなくなった。

新しく獲得したスキル『恐怖耐性』のおかげか『威圧耐性』のおかげなのかもしれない。

それを思うと、万年レベル0でも頑張れば報われるかもしれないと自然と拳を握った。

そして、ゆっくりと凱《がい》くんの後を追いかけた。

彼は他の生徒よりも目立つくらい大きな身体《からだ》を持つ。歩いているだけで威圧するほどに、自信に満《み》ち溢《あふ》れている。

彼についていくと、生徒が入ってもいいのかすら分からない屋上に上がっていった。

屋上は広々として、邪魔なものは何一つなく、フェンスだけが周囲を囲んでいた。

「おいおい、ひ～な～た～く～ん」

「うん？」

「うん？　じゃねぇよ！」

迷うことなく彼の拳が飛んでくる。

中学生の頃なら、それが怖くて震えていた。なのに今の彼からは何も感じない。

飛んでくる拳はあくびが出そうなくらい遅いが、当たると痛そうなんで、一旦避けてみる。

勢いよく殴り掛かった凱《がい》くんの体は、そのまま俺が立っていた場所を通り抜け、俺という障害物がなくなり勢いよく前進して倒れ込んだ。

「はぁ⁉　日向《ひなた》のくせに俺のパンチを避けただと！」

起き上がった凱《がい》くんは顔が真っ赤になって怒り出すが、自分でも驚くほど全く怖さを感じない。

むしろ――――Eランクダンジョンの兎《うさぎ》魔物の方が強そうに感じるのである。

「クソがあああああ！」

間違いなく本気で殴り掛かってくる。

それを直感的に分かったのが、ダンジョンに行けたからなのか、戦いの経験をしたからなのか、それともスキルを獲得したからなのか。

またもや単調な大振りの殴りを避ける。

それを軽々と避けた時、彼に攻撃を叩《たた》き込めると思えた。

その時――――俺達に向けられた声が響く。

「ダメ」

屋上に響くのは冷たい声。

開いた扉に視線を移すと、誰かがこちらに向かってきていて、長い銀髪が見え始めた。

そこから現れたのは、もちろん銀色の天使こと神威《かむい》ひなたさんだ。

彼女が屋上に降り立つと同時に、俺達を襲う冷気を感じる。

《困難により、スキル『冷気耐性』を獲得しました。》

新しいスキルを獲得したということは、この冷気は本物だってことだ。つまり、目の前の彼女は非常に好戦的だと受け取れる。

そんな彼女は無表情のまま俺達の前に立つ。

それに苛立《いらだ》つ凱《がい》くんが声を上げた。

「何なんだ！」

「やめて」

「はあ⁉　お前には関係ないだろう！」

「やめて」

「く、くそ！　日向《ひなた》てめぇ覚えてろよ！」

凱《がい》くんが逃げるかのように屋上から消えていった。

今までこんなことはなかったので、自分の心の中にどこか『ざまぁ』と思いながらも、『可哀想《かわいそう》』という感情もでてきた。

俺は元々誰よりも弱い。だから周りは自分より強い人ばかりだ。

でも凱《がい》くんにとって彼女は自分よりも強者である。今の凱《がい》くんは屈辱的だろう。

「えっと、神威《かむい》さん。ありがとうございます」

「…………」

彼女は無表情のままだが、どこか敵対心むき出しで俺を睨《にら》んでくる。

謝った方がよかったのかな？　女心は今でもよく分からない。

妹はいつも『女心は複雑だからね？　お兄ちゃん！』と言っていたけど、本当にその通りだとつくづく実感する。

「あ、あの…………」

「っ！」

一歩前に出たところで、彼女からの冷気が一気に俺を襲う。

「あ……あ…………」

《困難により、スキル『凍結耐性』を獲得しました。》

これは間違いなく攻撃されている。それに思わず身を構える。スキルがなければ死んでいたかもしれない。しかし、目の前の彼女の様子がおかしくなり始めた。

最初こそ無表情のままだけど、どんどん表情が崩れて今にも泣きそうだ。

「ご、ご…………」

「どうして神威《かむい》さんが俺を攻撃するのかは知らないけど、俺も死にたくないので自衛させてもらうよ」

　これ以上冷気を浴びる前に一気に通り抜けて彼女を突破しようと思ったその時。

「ごめんなさい」

　そう話した彼女はその場に崩れるように涙を流し始めた。

「えええぇ!?　か、神威《かむい》さん!?」

「ご、ごめんなさい。こ、怖くて我慢できなくて……ほ、本当にごめんなさい」

　一体彼女に何があったんだ？　怖い？

　もしかして……俺を助けようとして凱《がい》くんに声をかけたのが怖かったのか？

　俺を助けようとしてくれたのに、俺が勝手に攻撃されたと思い込んだ？

　でも俺はしっかり攻撃されたはずなんだが……？

「わ、私が……油断すると…………『氷神《ひょうじん》の加護』を放って……しまうの…………」

　ポロポロと涙を流しながら、彼女は申し訳なさそうな表情で俺を見上げた。

　こういう場面だというのに、俺は――――泣いている彼女を美しいとさえ思ってしまった。

「だから……その…………攻撃したわけじゃ…………ごめんなさい」

「そ、そうだったんだ！　こちらこそ、怖い想《おも》いまでして助けてくれたのに、ごめん！」

妹から教わった『いつでも胸ポケットからハンカチ』を取り出し、彼女の涙を拭いてあげる。

こんな風に女性の涙を拭いてあげたのは、妹以外では初めてで、自分の心臓がバクバクと高鳴り、音が耳の中から聞こえてくる。

今回の誤解は、俺が悪いのは明白。俺を助けるために怖い凱《がい》くんを止めてくれた彼女を変に誤解してしまった。

「あ、あのさ！　助けてくれたお礼に、何か困ったことがあったら何でも言って。何ができるかは分からないけど、俺ができる範囲で力になるよ。俺みたいに弱いのに何ができるかは分からないけど………」

涙に濡《ぬ》れた彼女の瞳が、じーっと俺の目を見つめた。

新規獲得スキル

フェイト		

Fate

アクティブスキル		
周囲探索		
スキルリスト		
魔物解体		
異空間収納		

Active skill

パッシブスキル		
異物耐性	トラップ発見	凍結耐性
状態異常無効	トラップ無効	
ダンジョン情報	武術	
体力回復・大	緊急回避	
空腹耐性	威圧耐性	
暗視	恐怖耐性	
速度上昇・超絶	冷気耐性	
持久力上昇		

Passive skill

第3.5話　不思議な彼（神威ひなた視点）

今日はクラスにあまりにも異常事態が起きて、普段よりもずっと緊張の糸が張ったまま授業を終えた。

この異変に気付いているのは、私しかいなくて、生徒だけでなく先生も気付かないみたい。

その原因となっているのが、私の後ろの席に座っている鈴木《すずき》日向《ひなた》くん。

偶然にも私と同じ名前の彼だが、既にクラスの中でも浮いた存在になっている。

私もそうだけど、あまり人を寄せ付けない雰囲気があり、その理由を今日知ることができた。

同じクラスの荒井《あらい》くんが彼を『レベル0』と呼んでいたけど、それは誤解だ。

彼はずっと本当の力を隠している。

先週は感じることができなかったけど、週末に初めてダンジョンを経験した私は、入学当日よりも格段に強くなった。

それでやっと彼の強さに気付くことができた。

彼の本当の強さを感じるには、彼の半径五十センチ以内じゃないと感じ取ることは難しい。

圧倒的な力なのに、それを上手《うま》く隠しているのだ。それが原因なのか、普段から人を拒絶している雰囲気がある。それは私も同じで、私が持つSランク潜在能力である氷神《ひょうじん》の加護は、体内から常に冷気を放つ。

今でこそ頑張って我慢できるようになったけど、少し油断するとすぐに冷気が漏れてしまって、相手を傷つけてしまう。

だからこそ、私は今日一日、精一杯我慢していた。

なのに――荒井《あらい》くんが彼を呼び出すのが見えた。

どうしても胸騒ぎがして、こっそり後を追って屋上に向かった。

屋上は普段から開放されていて自由に出入りできるけど、わざわざここに来る生徒は少ない。

私が屋上に着いた時、荒井《あらい》くんが彼に喧嘩《けんか》を吹っ掛け始めた。

まさかの出来事に、それが信じられなくて、私は思考が止まってしまった。

どうしてあんな化け物に喧嘩《けんか》を吹っ掛けられるんだろう？

Sランク潜在能力を以《もっ》てしても、彼には手も足も出ないのに、どうして勇敢に立ち向かうことができるのだろう？

そんな疑問を抱いていると、彼が荒井《あらい》くんを――殺そうとしているのを感じ取った。

彼の実力なら揉《も》み消《け》すくらい簡単なはずだ。

でもここは学校で、新入生が放課後に失踪してしまっては大変な騒ぎになる。

それに人の命は大切で、ああいう傲慢な人でも殺させたくはない。

気が付けば、私は屋上に――彼に対峙《たいじ》していた。

何とか荒井《あらい》くんに屋上から帰ってもらい、敵意をむき出しにする彼を見つめる。

必死に震える足を抑える。今にも泣き出しそうな恐怖をぐっとこらえる。

でもそうすればするほど、私の中の冷気は彼を威嚇する。

私の冷気に触れた彼の表情が一気に曇る。私を獲物だと認識したからだ。

息すらできない殺気にその場に立つのがやっとで、このままあと数秒で自分の命が失《な》くなると思うと、お父さんとお母さん、お姉ちゃんの顔が浮かび上がった。

Sランク潜在能力が開花してから、私のことで色々大変で、少しでも恩返しできるように、これから頑張っていこうと思った矢先。こんな形で死にたくはない。

そんな私の想《おも》いとは裏腹に私の中の冷気が全力で彼に降りかかった。

私の冷気は目の前の人を一瞬で凍らせる。

けれど、それを受けた彼は凍ることもなく、いよいよ私を敵として認定した。

――死にたくない。だから必死にどうしたらいいか考えた。

「どうして神威《かむい》さんが俺を攻撃するのかは知らないけど、俺も死にたくないので自衛させてもらうよ」

彼のその言葉は死へのカウントダウンを意味する。

どうしていいか分からず、氷神《ひょうじん》の加護の制御もできない私は――――ただ思ったことを口にした。

「ごめんなさい」

私は敵ではないことを伝えたかった。そう思うと、気持ちを上手《うま》く伝えられず涙が溢《あふ》れた。

いつぶりだろう……人前で泣くなんて。

「ご、ごめんなさい。こ、怖くて我慢できなくて……ほ、本当にごめんなさい」

あと数秒で私を殺そうとしていた彼は――何故《なぜ》かあたふたし始めた。

無慈悲だと思っていた彼の驚いた顔は、少しだけ面白いと思ってしまった。

その時。

一瞬で私の前にやってきた彼は私の首を刎《は》ねるのではなく、ハンカチで涙を拭いてくれた。

私の氷神《ひょうじん》の加護は普通の人であれば一瞬で凍らせてしまう。

氷神《ひょうじん》の加護を彼に向けて放ってしまったのは事実なのに、彼は慌てながら「そ、そうだったんだ！　こちらこそ、怖い想《おも》いまでして助けてくれたのに、ごめん！」と話す。

助けてくれたって何を言っているのかは分からないけど、彼はすぐに「あ、あのさ！　助けてくれたお礼に、何か困ったことがあったら何でも言って。何ができるかは分からないけど、俺ができる範囲で力になるよ。俺みたいに弱いのに何ができるかは分からないけど……」と言った。

この人は何を思って私なんかにここまでしてくれるのだろう？

こんな弱い私にどうして優しくしてくれるのだろう？

「ほ、本当……？」

恐る恐る聞いてみると、勢いよく頷《うなず》いて何でも言ってくれと言う。

私は意を決して、あることを頼んだ。

第4話　相談事

レベル0の無能探索者と蔑まれても実は世界最強です
～探索ランキング1位は謎の人～

「そんなことでいいのか？」

俺の質問に大きく頷《うなず》いて応える彼女。神威《かむい》ひなたさん。

女の子を泣かせてしまって、妹から教わった『女の子を泣かせたら全力で謝って、彼女の頼みを全て叶《かな》える！』を実行する。

彼女がやってほしいことが全く理解できなかったけど、減るもんでもないので了承した。

帰ろうとしたが、立ち上がれなさそうな彼女に手を貸してあげる。

あの冷たい雰囲気と冷気は、彼女が持つ力のせいらしい。

油断すると冷気を放ってしまって、人を氷漬けにするって言われて、氷漬けにされなくて本当によかったと一安心した。

これから彼女には極力逆らわないようにしておこう。いくらスキルを獲得できるからといって、Sランク潜在能力を持つ彼女は俺なんか一瞬で氷漬けにできると思うから。

ただ、それほど強いのに、凱《がい》くんを怖がっているのが不思議で、でもそれが女の子らしくて可愛《かわい》いなと思えた。

会話をしながら、帰り道を一緒に歩く。

こうして誰かと歩くのは妹以外では初めてというか、仲良くしている同級生がいなかった。

地元では…………誰一人俺に寄り付かなかったからだ。

何だか高校生になってよかったと思えた瞬間だった。

「あ、神威《かむい》さん。俺、寮なんで」

校舎の出入口から外に出て、俺は敷地をそのまま奥に向かうので、帰宅組で校門に向かう神威《かむい》さんとは真逆の道だ。

そもそも彼女がどこに住んでいるのかも知らない。

「ん……また……」

少し寂しそうに手を上げる彼女に、一瞬ドキッとしてしまう。

──その時。

妹が言っていた『女性を一人で帰すのはいけないの！　ちゃんと最後まで見送らないとダメよ？』を思い出す。もしかして、ここで神威《かむい》さんを送らないといけないのか⁉

そもそも俺は妹以外の女子と話したことがないので、どうしていいか全く分からない。

悩んでいるうちに、神威《かむい》さんはスタスタと敷地を出て行った。

どうした方が正解だったか分からず、俺はモヤモヤしたまま寮に戻った。

「日向《ひなた》くん〜」

…………。

「日向《ひなた》くん？」

隣から急に人の顔が現れる。

「うわっ⁉　藤井《ふじい》くん⁉」

まさか自分が呼ばれているとは思わず、驚いてしまった。

「何か難しいことを考えてそうだなと思って〜」

同じ三階なので、並んで歩く。

「えっと…………女子ってよく分からないなと思って」

「女子？　ふふっ。クラスメート？」

「お、おう……」

「あまり詳しいわけじゃないけど、相談なら乗るよ？」

藤井《ふじい》くんは見た目からして、ものすごくモテそうな雰囲気がある。

男らしさで言うなら、藤井《ふじい》くんは対象外だと思う。何故《なぜ》なら藤井《ふじい》くんは男らしさというより、可愛《かわい》らしい弟のような見た目をしているからだ。

小動物的な、守ってあげたいと思えるくらいに可愛《かわい》らしい。

「ごほん。日向《ひなた》くん」

「ん？」

「今、僕を小動物とか思ったでしょう？」

「え⁉　どうしてバレ――――あっ」

「はぁ、よく思われるんだよ。僕ってそんなに男らしくないのかな？」

そ、そうだね。

その仕草とかもどちらかと言えば、女の子みたいというか、可愛《かわい》らしいというか。

でも藤井《ふじい》くんだからこそ似合うのでいいと思う。

「確かに男らしさは足りないだろうけど、それは藤井《ふじい》くんのよさだからいいと思うけどな」

「えっ？　そ、そう？」

「人はそれぞれだからな。男だからって男らしさばかり目指しても仕方がないと思うよ」

「そうか…………何かそう言われるの初めてだけど、そうかも。ちょっとポジティブに考えてみるか！」

悩みが解決したのなら嬉《うれ》しい限りだ。

「違う違う。僕じゃなくて日向《ひなた》くんの相談に乗るんだった。とりあえず夕飯の時でいいかな？」

「俺もその方が助かる。先に風呂《ふろ》に入りたいしな」

「分かった。じゃあ、三十分後に食堂で」

三階に着いて藤井《ふじい》くんと別れ、それぞれの部屋に入る。

……………これって高校生っぽい！　というか、俺に友人みたいな人ができた……？

いや、落ち着け。これは何かのまやかしかもしれない。

俺のレベルが0だと知られたら、間違いなく嫌われる。だから過度な期待はしないでおこう。

もしかしたら、神威《かむい》さんのことを相談すると、幻滅されて笑われるかもしれない。

だから期待することなく、さりげなく相談することにしよう。


「日向《ひなた》くん～こっち～」

風呂《ふろ》から上がり、約束通り食堂に向かうと、先に着いていた藤井《ふじい》くんが手を振ってくれる。

それにしても…………それが部屋着なのか？　ちょっと可愛《かわい》い。フードが付いているぬいぐるみみたいなパーカーと中にはジャージか。

「お待たせ」

「僕も今来たとこ。先にご飯持ってこようか」

「だな」

カウンターに用意されたトレーを持ち、茶碗に米を自分が好きな量を盛る。

「!?」

俺よりも細い体に、あんな量が入るのか……人体って分からないものだ。

「それで、クラスメートの女子とどうしたの？」

　席に着くとすぐに聞いてくる。

「帰り道がたまたま一緒になったんだけど、俺は寮だから、玄関で見送ってしまったんだ」

「ふむふむ」

「でも妹から、女性を一人で帰すのはいけないの！　ちゃんと最後まで見送らないとダメよ？

――と言われてたんだよ」

「ふふっ。可愛《かわい》らしい妹さんだね。それにモノマネも上手！」

　妹の口調になっていたようだ。いつも一緒だったしな。

「ん～それに関しては、妹さんの言い分が正しいんだけど、一つだけ問題があるよ」

「問題？」

「その女子がついてきてほしいかどうかによるかな？」

　藤井《ふじい》くんにそう言われて、俺は雷に打たれたかのような衝撃を覚えた。

「そもそも日向《ひなた》くんだけの視点でしょう？　その子が送られても困るかもしれないから」

　そ、そうか…………神威《かむい》さん的には俺なんか邪魔だろうからな……。

　送らなくちゃいけないと勘違いした。俺は何て傲慢だ…………。

「だからね。そういう時は、送ろうか？　と聞けばいいと思うよ」

「えっ？　聞く？」

「うん。それですぐに『いらない』と返ってきたら、そのまま帰ってくればいいし、向こうから返事に困ってそうなら、送ってあげたらいいと思う」

「そうなのか？」

「そうそう。女心は複雑なんだよ～」

「それ、いつも妹も言ってる」

「あはは～妹さんと馬が合いそうだ」

「妹は誰にもやらんぞ」

「あれ？　もしかして妹大好きお兄ちゃん？」

「う、うっ………」

「あはは～日向《ひなた》くんの意外な一面を知れたよ～」

藤井《ふじい》くんはいたずらっぽい笑みを浮かべて、山盛りになったご飯を一粒残さず食べ切った。


次の日の放課後。

今日から銀色の天使の頼みで、一緒に個室訓練場にやってきた。

誠心《せいしん》高校は探索者の支援を主な目的とし、探索者として励んでいる生徒のために、個室訓練場を開放している。

その数は、全部で十二部屋にも及んでいて、一部屋六人で使っても十分余裕があるくらいには広い。使用するには事前に申し込みが必要なのだが、神威《かむい》さん曰《いわ》く、生徒会のメンバーは特別待遇だとかで、簡単に使えるそうだ。

生徒会の特別待遇を使っていいのかと疑問に思いながらも、神威《かむい》さんを怒らせたら凍らされるかもしれないので口には出さない。

「では始めようか？」

「は、はい！」

いつも無表情な彼女が、珍しく感情を露《あらわ》にする。と同時に周囲に凄《すさ》まじい冷気が広がり、周囲の壁やら天井までが真っ白に変わっていく。

肌に触れる冷気はひんやりと冷たく、彼女が話していた冷気の怖さを改めて感じることができた。

俺……今日ここで凍らされんじゃないよな………？

実は昨日泣かせてしまったのを根に持って、誰もいない場所でボコボコにしようと思ったりしてないよな⁉

そう思うと、自然と彼女に対して攻撃的な態度になった。

「ひぃ⁉」

一歩下がった彼女が両手を握りしめて、俺を睨《にら》みつける。

ま、まさか………本当にここで俺をボコボコにして、泣かせた恨みを晴らすのか⁉

「う、うん。それでいい」

「えっ？」

「克服したい」

「克服？」

「氷神《ひょうじん》の加護を使いこなしたいの」

そういや、普段は氷神《ひょうじん》の加護を抑えているが、油断すると周囲に冷気をばらまいてしまうと言っていた。

「だから、鈴木《すずき》くんにはそのまま私を睨《にら》みつけていてほしいの」

そうか。彼女の目的はこれだったのか。

昨日頼まれたこと。どうやら彼女は、睨《にら》まれた時の練習をしたいとのことで、毎日放課後、数分でいいから俺に睨《にら》んでほしいと頼んできた。

おそらく、凱《がい》くんに睨《にら》まれた時に怖い想《おも》いをして、それがトラウマになったのかも。

いくらSランク潜在能力の持ち主だとしても、彼女は彼よりも体格の小さい女子だ。

自分よりも体が大きい男に睨《にら》まれたら、そりゃ怖いと思う。

俺を助けるためにそこまでしてくれたんだ。これくらい容易《たやす》いものだ。

「分かった。このまま睨《にら》み続ける」

「う、うん！　ありがとう！」

ん？

ここに来るまでずっと無表情でムッとしていた彼女の表情が、今は明らかに変わっている。変わったというか、とても表情豊かになった。今の彼女は――――テレビに出てくるような美しい女優の笑顔にも勝っている。

「え、えっと……鈴木《すずき》くん？」

「あっ⁉」

「どうかしたの？　睨《にら》みつけてほしいんだけど……」

「ご、ごめん！」

笑顔に見入ってました――なんて言ったら幻滅されかねない。

急いで彼女を睨《にら》みつけるとトラウマを思い出したのか、表情が険しいものに変わっていく。

両手をぐっと握りしめて、見るからに震えているのが分かる。

「鈴木《すずき》くん……昨日より……強くなってる？」

「ん？　強くなってないぞ？」

「で、でも……」

強くなったというか、昨日は新しいスキルを獲得したくらいだ。

そもそも俺はレベル０で何をしても上がらないから強くなれない。

「ううん。変なことを聞いてごめんなさい。私も頑張る」

「あ、ああ」

頑張れ……！　俺には睨《にら》むことしかできないけど、トラウマを克服できるのなら睨《にら》み続けてあげるのみ！

それから暫《しばら》く睨《にら》み続けると、彼女がその場に崩れて泣き出して、急遽《きゅうきょ》終わりにした。

「大丈夫か？」

「う、うん………また泣いちゃってごめんなさい……」

「い、いや！　謝らなくていいよ！　そもそも原因は俺にあるんだから」

「………ねぇ、鈴木《すずき》くんはどうして私なんかに優しくしてくれるの？」

彼女は涙に濡《ぬ》れた顔で首を傾《かし》げながら俺を見上げる。

「へ？　そ、それは………泣かせてしまったんだから、その責任を取らないと――妹に笑われてしまうからね」

「妹さんがいるの？」

「ああ。一つ下の可愛《かわい》らしい妹だよ」

それにしても、彼女が周囲に放ち続けている冷気は凄《すご》いな。

俺は冷気耐性や凍結耐性があるから今のところは大丈夫だけど、渡したハンカチが一瞬で凍ってびっくりした。

「神威《かむい》さんはいつもこんな感じなのか？」

「うん……だからいつも抑えてないといけないんだ……」

「結構大変なんだね」

「そうね……もう慣れたけど、こうして普通にしていられるのも、訓練場か家くらいかな」

何となくだ。何となく、彼女はどこにいてもひとりぼっちで、必死に感情を抑えて過ごしているのが分かる。

冷気を気にせず放っている今は、感情豊かで、よく笑うし――よく泣く。

俺は自分勝手に周りと距離を取っているけれど、時折寂しいと感じる時がある。

実家に帰ると、元気な妹と母がいるけど、家族とは違う。

自業自得《じごうじとく》。

そう言われてもおかしくはない。

でも彼女は違う。

ただ生まれながらSランク潜在能力で氷神《ひょうじん》の加護を得てしまったがために、こういう状況になってしまった。

怖い想《おも》いをして氷神《ひょうじん》の加護を抑えられなくなったことで、それをどうにかしなければと、トラウマに向き合おうとする様子が眩《まぶ》しくて、彼女という人柄を少し羨ましくさえ思った。

初訓練を終え、神威《かむい》さんはいつものように氷神《ひょうじん》の加護を抑え込んだ。

相変わらずの無表情っぷりに少し苦笑いがこぼれてしまう。

表情は変わらないけど、彼女が俺を不思議そうに見ているのが分かる。

何というか、彼女が顔に表情を出さなくてもその気持ちが読めるようになった気がする。

それにしても…………この訓練場をどうしたらいいものか。

「？」

「訓練場が氷漬けにされているから、どうしたらいいかと思って」

「あ…………」

無表情だけど、彼女は落ち込んだ。

《困難により、スキル『氷結融解』を獲得しました。》

新しいスキルか！　氷結融解ってこと、ここら辺一帯を溶かすことができるのかな？

試しに周囲に氷結融解を使ってみる。しかし、何も起きない。

「どうかしたの？」

「いや、俺の力で氷が溶けるはずなんだけど、溶けないなと思って」

「氷神《ひょうじん》の加護の氷は普通の氷じゃないから、暫《しばら》く溶けないと思う」

氷神《ひょうじん》の加護を抑えている時の彼女は、やはり無機質感が漂う。

喋《しゃべ》る声もイントネーションが全くなくて機械が話しているようだ。

それにしても氷神《ひょうじん》の加護が放つ冷気で凍った氷は普通の氷と違うのか…………これに凍らされたら二度と生き返らなそう。

やっぱり神威《かむい》さんに逆らうのは、何が何でもやめておこう。

それにしてもここを氷の世界にしたまま帰ってもいいのだろうか？

「凍らせたまま帰っていいのか？」

「学校には許可を取っているの。この部屋は暫《しばら》く私以外には使用禁止になるかな」

やはりそういうことになっているのか。生徒会の職権乱用だよな……。

これで訓練場が使えなくなって、彼女がまた誰かに恨まれるのは避けたい。


《困難により、スキル『氷結融解』が『絶氷《ぜつひょう》融解』に進化しました。》

進化してくれるのは助かる！

使用していた氷結融解が絶氷《ぜつひょう》融解になったからか、周囲の氷が一瞬で溶ける。氷が解けて水になると思いきや、不思議と解けても水にはならなかった。

俺のスキルのせいなのか、はたまた絶氷《ぜつひょう》がそういうものなのか。

「!?　う、嘘《うそ》…………」

「これなら帰っても怒られなそうだな」

「…………」

「神威《かむい》さん？」

「へ？　う、うん！」

驚いた表情だった彼女だが、すぐに無表情に戻っていった。

…………少し冷気が漏れていたぞ。

それはさておき、個室訓練場から外に出る。

外では個室訓練場の空きを待っているのか、いくつかのパーティーと思われるグループが視界に入った。

「えっ⁉　なあなあ、あれって氷姫《こおりひめ》じゃないのか？」

「まじかよ……氷姫《こおりひめ》とパーティー組んでいるのか。くそ羨ましい」

「しかも二人…………何て羨ましいんだ」

決して小さくない声のひそひそ話が聞こえてくる。

一瞬足が止まった神威《かむい》さんに、小さく「ごめん……」と謝っておく。

どうしたのと言わんばかりの無表情で俺を見つめた彼女は、気にする素振りも見せずに訓練場を後にした。

訓練場から玄関口まで神威《かむい》さんと並んで歩く。相変わらず周りの生徒達からひそひそ話が聞こえてくる。

俺みたいな冴《さ》えない男と変な噂《うわさ》になるのは彼女に申し訳ないと思いながら、距離を取って歩くのも何だかなと思いつつ並んで歩き続けた。

「あ、あの。神威《かむい》さん」

「うん？」

お互いの分かれ道。昨日はここで神威《かむい》さんを見送った。

「その…………送ろうか？」

「えっ？」

「い、嫌ならいいん――――」

「いいの？」

「へ？」

「私と一緒に歩いても楽しくないよ？」

氷神《ひょうじん》の加護を抑えるために、ぐっと我慢している彼女は無表情のまま答える。

普段から口数が少ないのもそれが原因だと知っている。だからこそ彼女と一緒にいて楽しくないなんて全く思わない。それこそ、俺なんかと一緒にいても楽しくないだろう。

それを言い合っても始まらないので、今は別の言い訳を考える。

「またトラウマに襲われたら変な誤解を生むかもしれないから、それくらい責任を持つよ」

「⁉　────はぃ。お願い……します………」

れ、冷気が！

彼女が放つ冷気を、急いで絶氷《ぜつひょう》融解を発動させてかき消す。

これなら彼女がもし油断しても冷気を止められそうだ。

「ほら、俺のスキルなら、神威《かむい》さんの冷気を止められるみたいだ」

無表情から驚く表情に変わると、彼女からますます冷気が溢《あふ》れるが、俺が発動させている絶《ぜっ》氷《ひょう》融解で冷気が周囲に拡散しない。

これなら冷気のことは気にせずにいられそうだ。

「う、うん………ありがとぉ………」

少し恥ずかしそうな声で話す神威《かむい》さんに、どうしてか俺まで恥ずかしくなって上手《うま》く話せなくなる。

「ど、どういたしまして。い、行こうか」

「うん………」

その日、初めて神威《かむい》さんを送ったが、お互いに一言も喋《しゃべ》れなかった。

それにしても神威《かむい》さんって普段から放つ冷気もあんなに凄《すご》い量が出るんだな………。

新規獲得スキル

フェイト			

Fate

アクティブスキル			
	周囲探索		
	スキルリスト		
	魔物解体		
	異空間収納		
	絶氷融解		

Active skill

パッシブスキル			
	異物耐性	トラップ発見	凍結耐性
	状態異常無効	トラップ無効	
	ダンジョン情報	武術	
	体力回復・大	緊急回避	
	空腹耐性	威圧耐性	
	暗視	恐怖耐性	
	速度上昇・超絶	冷気耐性	
	持久力上昇		

Passive skill

第5話　神威ひなた

神威《かむい》さんと訓練場に通うようになって数日。

金曜日の放課後も同じく神威《かむい》さんと個室訓練場で訓練を終えた。

日々耐えられる時間が増えたけど、神威《かむい》さんを毎日泣かせている。

これが妹にバレたら何をされるか分からない。

神威《かむい》さんは気にしないでと言ってくれるけど、どうしても女性の涙というのは、男として心にくるものがあるのだ。

今日もいつも通り神威《かむい》さんを家の近くまで送る。

彼女の家は学校からそう遠くなく、ゆっくり歩いても二十分もあれば着く。

何より驚いたのは、彼女の家は古くから武家の家柄らしく敷地が見渡せないほどの豪邸に住んでいた。

これほどのお嬢さんなら迎えくらい来ると思うんだけど、彼女曰《いわ》く、いつ冷気を出すか分からないので、全て拒否しているそうだ。両親もそのことを知っているので、彼女の提案を受け

そもそも彼女を拉致《らち》するにしても、氷神《ひょうじん》の加護を突破しなければならず、それを突破できる時点で護衛がいても意味がないそうだ。

と――――どうしてこうなった！

「初めまして。ひなたの母の絵里奈《えりな》と申します」

彼女を送った玄関口で、たまたま彼女の母親と鉢合わせになってしまった。

「は、は、初めまして！　す、すっ、鈴木日向《すずきひなた》と申します！」

「ふふっ。日向《ひなた》くんですね。娘から話は聞いております」

あまりにも突然な出来事に、彼女を見つめると、満面の笑みで返してくれる。

こ、これはもしや――――「毎日うちの娘を泣かせやがって、ただで済むと思うなよ！　指詰めんぞ！」って言われるパターンか⁉

「もしよろしければ、中にどうぞ」

き、きた…………や、やっぱり指を詰められ…………。

「日向《ひなた》くん……？　嫌？」

「へ？　と、とんでもない！　俺なんかがお邪魔していいのかどうか……」

「うふふ。毎日ひなたの特訓に付き合ってくださっていますし、そのお礼だと思ってください。どうぞ」

神威《かむい》さんに似て、映画に出てきそうなくらい美人のおばさんに案内されて豪邸の中に足を踏み入れた。ただ不思議なのは、おばさんは黒髪なんだな。

それと神威《かむい》さんと俺を見て一瞬だけ目を大きく見開いて驚いたのが気になる。


豪邸の中は、想像していた通りというか、日本豪邸といえばこれっ！　と言える光景が広がっていた。

玄関口から入って、スリッパに履き替えて、延々と続くんじゃないかと思える廊下を歩く。

途中で障子が開いている座敷《ざしき》に案内された。

部屋ものすごく広くて、そこから見える庭もまた絶景だ。

こういうのは絵とか映画とか高級料亭だけの世界だと思っていた。

一人で残された部屋に、メイド服の女性が訪れて、お茶を淹《い》れてくれる。
メ、メイドって…………豪邸だからもしかしてメイドさんなんていたりして、なんて思っていたところだった……こんな豪邸ともなると本当のメイドさんが働いたりもするんだな……。
「あと少しでお嬢様が参りますので、しばしおくつろぎくださいませ」

「あ、ありがとうございます」

丁寧に挨拶をしてくれたメイドさんがいなくなって、ソワソワしながら庭を眺める。

その時、縁側の端に座っているお爺《じい》ちゃんが視界に入った。

「こ、こんにちは」

「ほぉ？　お主、儂に気付いたのか」

「へ？　そうですね」

《経験により、スキル『隠密探知《おんみつ》』を獲得しました。》

隠密探知《おんみつ》？　何のことだ？

「これは中々………」

ただ座って外を見ていたお爺《じい》ちゃんを見つけただけで、お爺《じい》ちゃんから何だか凄《すご》い目で見られている気がする。

もしかして………ボケ――――。

「あ痛っ！」

目にも止まらぬ速さで飛んできたお爺《じい》ちゃんの手刀が俺の頭を叩《たた》いた。

「ボケてないわい！」

「えっ⁉　バ、バレた⁉」

《困難により、スキル『読心術耐性』を獲得しました。》

「むっ⁉　こやつ。中々やるのぉ！」

「あ、あの………」

「がーははは っ〜！　ひなため。見る目があるではないか〜！　がーははは っ〜！」

豪快に笑う爺《じい》さんは俺を置いてけぼりにして、どこかに消えてしまった。

あんな変な爺《じい》さんを放っておいていいのか？

他人の家だから勝手に捕まえるのも違う気がするし、あとで神威《かむい》さんが来たら聞いてみよう。

それに『ひなた』と言っていたから、知り合いだろうと思う。

お茶をすすりながら、静かになった庭を楽しんでいると、足音が聞こえてくる。

どんどん近づいてきた小さい足音は、やがて俺の前に現れる。

元々銀色の髪だけでも目立つというのに、真っ白い着物がさらに銀色の髪を目立たせる神威《かむい》さんだった。

少し日が傾いたことも相まって、赤い夕焼けに照らされた神威《かむい》さんの神々《こうごう》しさには普段よりも数倍素晴らしいモノを感じざるを得ない。

「に、似合うかな？」

「――――す、凄《すご》く似合ってるよ！」

「⁉　えへへ〜」

ぐはっ⁉

こうして改めて見ると、絶世の美女すぎて直視するのが失礼に当たるんじゃないかと思える。

むしろ、セクハラで訴えられても負ける自信しかない。

ただ、冷気が漏れているので、それだけは冷静に絶氷《ぜっひょう》融解で消していく。

「あ、ありがとう」

「ううん。これくらい容易《たやす》いよ」

彼女が小走りで俺の隣に座る。

えええええ⁉　何で隣なんだ⁉　普通なら向かいに座るんじゃないのか⁉

「どうかしたの？」

「い、いや！　な、何でもないよ！」

普段から意識してない――というか意識しないようにしてたけど、神威《かむい》さんからは、めちゃくちゃいい香りがする。

彼女と隣同士に座って本当にいいものだろうか…………。

この後、指を詰めろと言われたらどうしよう。

はぁ…………どうしてこうなった。

静かな庭に、鹿威《ししおど》しがトンという美しい音を響かせる。

隣の神威《かむい》さんがどうしても気になってしまって、ちらちら見ながらお茶を飲む。

喉が渇いてお茶を飲む速度が上がっていく。

こ、このままでは…………トイレが近くなるのでは⁉


《困難により、スキル『排泄《はいせつ》物分解』を獲得しました。》

…………ありがとうよ。これでひと安心だ。

「日向《ひなた》くん。急にごめんね？　お母さんがどうしてもお礼がしたいって言ってたから、待っていたんだと思う」

あれって待ち伏せだったのかあああぁ！

たまたまだと思っていたけど、そうじゃなかったんだな……ということは……やはり指を詰めろと言われるのか⁉

「だ、大丈夫。こういう豪邸に来たことがなくて、ソワソワしてるだけだよ」

「ふふっ。日向《ひなた》くんでもソワソワするんだね」

「そりゃするよ。うちは田舎暮らしだったからな」

「そういえば、初めて聞く中学校だったよね？」

「ああ。恵蘭《えらん》中学校って言ってな、ここから電車だと三時間くらい行かないと着かないかな」

「そっか。日向《ひなた》くんなら走った方が早そうだね」

ん？　走る？

その時、複数人の足音がして、神威《かむい》さんのお母さんとメイドさん達がやってきた。

「お待たせしました」

「いいえ。こちらこそ、お茶、とても美味《おい》しかったです」

「それはよかった。娘から聞いた話ですと、寮住まいでしたね？」

「そうです」

「門限も大変でしょうから、早速始めましょう」

ひい!?　ま、まさか……このまま指を詰められるのか!?

でも神威《かむい》さんからは、お礼をしたいと言っていたから、その心配はしなくていいのか!?

と思っていたら、メイドさんが俺の前にハードケースを運んできた。

座卓の上に置かれた黒いハードケースを見つめる。

黒いハードケースなんて滅多に見ないので、今日は珍しいモノを見られる日かもしれない。

「どうぞ」

促されて、恐る恐るハードケースを開く。

開いたハードケースの中には――――黒い紙が一枚置かれていた。

黒い紙には真っ赤な色で魔法陣が描かれている。

「えっと、この紙は？」

「それは神威《かむい》財閥の専属クレジットカードになります」

「⁉」

聞いたことがある。

本来右手に宿っているライセンスは、中に入金しているお金のみを支払いに使える。

だが、成人すると同時に『クレジットカード』を発行できる。

クレジットカードはライセンスと同化して、ライセンスにお金がなかったとしても、契約によりお金を借りることができる代物となっている。

毎月一定の収入がある人は、このクレジットカードで大きな買い物をしていると母から聞いたことがある。

「あ、あの……俺はまだ成人してもいませんし、クレジットカードを支払う能力はないんですけど……」

「それはご心配なく。娘の右手にも宿っているクレジットカードと同じモノになります。全ての支払いは――我が神威《かむい》家で払わせて頂きますので、日向《ひなた》くんは好きなだけ使っていいのです」

「えええええ⁉　す、好きなだけ⁉」

思わず、目の前のカードを見て息をのんだ。

好きなだけ使えるなら、それこそ母と妹が住んでいる家の光熱費を全て払い、残っているローンまで全部払ってしまいたい。

だが、冷静に考えてみると、こんな凄《すご》い物を俺に渡すメリットって何だ？

俺はただ娘さんを睨《にら》みつける練習しか行っていない。

なのに、ここまでしてくれるには何か裏があるに違いない。

「…………すいません。何が目的ですか？」

「ふふっ」

「お母さん！」

「あら、すまないね。ひなた」

「これは約束と違います！」

急に言い争いを始める二人。

だが、その時、おばさんの目元に涙が浮かんだ。

「⁉　お、お母さん？」

「ふふっ…………ひなたとこうして言い争いをするのも…………もう何年ぶりかしら……」

「お母さん……」

言い争いをしたくらいで泣くのか？　何年ぶりというのは……？

その時ふと俺の頭に浮かぶ言葉があった。

神威《かむい》さんが言っていた『油断すると冷気を放ってしまう』という言葉だ。

今の今まで、俺はそれを『冷気を放つから少し困っている』と受け取っていた。

でも彼女は毎日涙を流しながら、トラウマに向き合っている。

その理由は何なのかと疑問にすら思わず、ただ彼女のやりたいことに付き合ってるだけだ。

本当の狙いなど知ろうともせずにだ。

「神威《かむい》さん。もしかして…………家でも氷神《ひょうじん》の加護を抑えているのか？」

「う、うん……」

「じゃあ、家でもいつもみたいに？」

っ…………何てことだ。

彼女がただ凱《がい》くんのトラウマを克服しようと頑張っていると勘違いをしていた。

毎日泣きながら頑張る理由――――それは、目の前のお母さんと楽しく話せる日を目指してのことだったのだ。

だから毎日涙を流しても挫折することなく頑張っていたんだ。

「日向《ひなた》くん。ですから、この紙を受け取ってほしい…………代わりに、私達の頼みを聞いてください」

「っ⁉」

俺もだけど、俺よりも隣の神威《かむい》さんの方が驚いた。

「私達はいくらお金がかかっても構いません。どうか…………私達にいつものひなたと過ごせる時間をください」

彼女は真っすぐ俺の目を見つめてきた。両目から涙を流しながら。

神威《かむい》さんは油断するとすぐに冷気を周りに放ってしまう。

今は俺の絶氷融解《ぜつひょう》のおかげで、放った冷気を全て融解させて広がらないようにしている。

もしスキルを止めれば、ここら辺一帯はたちまち個室訓練場のように凍らされるのだろう。

彼女は――――俺と一緒にいる時の神威《かむい》さんを買いたいんだと思う。

でもどうしてだろう。

今の神威《かむい》さんは全く嬉《うれ》しそうではない。

克服するために頑張っているから？　いや、違う。今まで両親に我慢を強いていたことが悲しいからだ。

――――だから。

「すいません。その提案を受けることはできません」

それが俺の答えだ。

「そう……ですか………」

神威《かむい》さんのお母さんが肩を落とした。

「どうして受けられないか……理由を聞いても？」

彼女は諦めたくないようで、俺から視線を外すことはなかった。

「俺がもしこのカードを受け取ってしまったら、神威《かむい》さんに協力しているのはお金のためにしていることになります。それは今まで神威《かむい》さんが頑張ったことに対して、あまりに失礼だと思ったからです」

神威《かむい》さんのお母さんは歯を食いしばって、それでも顔を逸《そ》らさず真っすぐ俺を見つめた。

「だから、このカードは受け取りません。俺は――――俺の意志で、彼女に報いたい。だから彼女が毎日トラウマに向き合っているのも応援しますし、俺が近くにいることで普通に過ごせるなら、俺ができる範囲でそれを応援します。ですから、これは受け取りません」

「で、では、これからも、うちの娘と仲良くしてくださると⁉」

「えっと……そうですね。神威《かむい》さんさえよろしければになりますけど………」

何というか、神威《かむい》さんの顔が真っ赤に染まってしまったのだが、どうしたんだろうか。

俺は何かまずいことでも話してしまったんだろうか……？

「ひなた！　貴女《あなた》はどうなの？」

「えっ⁉」

「日向《ひなた》くんがこう言ってくれているのよ⁉」

「そ、そんなこと、急に言われても⁉」

「これは神威《かむい》家にとって重大なことよ⁉　今すぐ――――あっ！　ひなた！」

途中で神威《かむい》さんが急に部屋から飛び出した。

だがこのままでは周囲に冷気をまき散らしてしまう。

そうなってしまうと、この屋敷《やしき》ごと氷漬けにされてしまうんじゃ⁉


《困難により、スキル『絶氷封印《ぜつひょうふういん》』を獲得しました。》

絶氷封印《ぜつひょうふういん》⁉　それはともかく、ひとまず彼女の後を追いかけた。

正直に言えば、彼女の足はまだそこまで速くない。

いくらSランク潜在能力があっても、まだレベルが上がってないのか、俺の速度上昇・超絶の方がはるかに速い。

ただ、そんな彼女を今すぐ止めるよりは、走らせた方がいいと思ったから、バレない範囲で追いかける。


《閃《ひらめ》きにより、スキル『隠密《おんみつ》』を獲得しました。》

《――――『隠密《おんみつ》・中』に進化しました。》

《――――『隠密《おんみつ》・大』に進化しました。》

《───『隠密《おんみつ》・特大』に進化しました。》

《───『絶隠密《おんみつ》』に進化しました。》

一気にスキルが進化した。

理由は分からないが、それはともかく今は彼女を追いかける。

着いた場所は───道場のような場所だった。

道場に入るや否《いな》や、彼女は着物のまま壁の木刀を手にし、一心不乱に素振《すぶ》りを始めた。

神威《かむい》さんは一体どうしたのだ……?

暫《しば》く眺めていると、ようやく落ち着いたのか、その場に木刀を落として、崩れるように座り込んだ。

「神威《かむい》さん」

「っ⁉ ひ、日向《ひなた》くん⁉」

驚きすぎてちょっと危ないモノが見えそうになりかけた。

「ごめん。心配になって追いかけてきた」

「………」

また俯《うつむ》く彼女。

「ねえ、日向《ひなた》くん」

「うん？」

「どうして日向《ひなた》くんは私なんかに優しくするの？」

最近この言葉をよく聞く。

俺からしたら、世界で一番だと思えるくらい美少女だし、家はお金持ちで、Sランク潜在能力まで持っているのに、彼女が『私なんか』と言うことが不思議だ。

「私には氷神《ひょうじん》の加護があって、まともに人と話したりもできない…………触れることすら許されていないのに、どうして私なんかに優しくするの？」

「…………まぁ、最初は俺のせいで泣かせてしまったから、その責任くらい取らないと妹に怒られてしまうと思ってたけど、神威《かむい》さんが毎日必死に頑張っているのを知ったよ。それこそ、ものすごく美人で、家もこんなにお金持ちで、何不自由なく暮らしているのかなと思ったら、全然そんなことなくて、寧《むし》ろ普通ではない生活を送っているはずなのに、それを何年も頑張ってきたんでしょう？」

彼女は小さく頷《うなず》いた。

「俺には想像もつかない。俺もこの学校に入るために毎日勉強に明け暮れていたけど、それは自分が好き好んで選んだ道なんだ。でも神威《かむい》さんはそういうわけじゃない。でも現状をしっかり受け止めて、俺みたいなやつにも助けを求めて頑張る姿は…………眩《まぶ》しくて、気付けば応援したくなっていたんだ」

「そう……なんだ………」

「これくらいの理由じゃ足りないかな？」

「そ、そんなことない！　凄《すご》く嬉《うれ》しい………」

「あはは。それはよかった。それに一つ間違いがあるなら――」

俺は彼女の頰に流れている涙をハンカチで拭ってあげる。

「俺なんてレベル０で何もできない弱い男で、でも、こうして神威《かむい》さんの涙くらいなら拭いてあげられる。隣にもちゃんと立てるから。これくらいしかできないけど、俺ができることなら何でもやるよ」

ほんの少しの間、彼女と目が合ったまま時間が経過した。

そして、彼女の温かい手が俺の手に触れてきた。

「………ありがとう。私、ずっと誰かに触れることもできなくて…………凄《すご》く嬉《うれ》しくて…………温かいね」

「ああ。神威《かむい》さんも凄《すご》く温かいよ」

まぁ、俺の手が温かい理由は、神威《かむい》さんに触れられて、心臓バクバクだから熱いのかもしれないけどな。

その時、後ろから間抜けた声が聞こえてきた。

「おほ～熱いのぉ～」

「ぬわっ⁉」

「あっ……」

びっくりしすぎて、思わず神威《かむい》さんの手を振りほどいた。

後ろには、さっき会ったお爺《じい》さんがニヤニヤしながらこちらを見ている。

「さっきのお爺《じい》さんですか」

「お、おじいちゃん⁉」

「ほっほっほっ。ひなたよ。よい小僧を見つけたものじゃ」

「おじいちゃんって⁉」

俺と神威《かむい》さんとお爺《じい》さんの声が一気に被《かぶ》る。

「小僧。どうやって冷気を止めているんじゃ？」

「え、えっと……俺のスキルで………」

スキルという言葉を聞いたお爺《じい》さんから、殺気が放たれる。

隣にいた神威《かむい》さんは一歩後ずさるが、歯を食いしばって耐える。

「ほぉ………本物か。儂《わし》の威圧を耐えるか」

「お爺《じい》さんはスキルという言葉に聞き覚えがあるんですか？」

「ふむ。知りたいか？」

それはもちろん知りたいに決まっている。

ゲームやらアニメとかでよく聞いたことはあるけど、そもそも俺にとって『スキル』というものが何か知りたい。

「はい。知りたいです」

「タダじゃ教えられないな～」

「では何をすれば？」

にやりと笑ったお爺《じい》さんは、神威《かむい》さんを指さした。

「？」

「儂《わし》の孫と結婚――――」

ドガーン！

目にも止まらぬ速さでお爺《じい》さんが吹っ飛んで、開いた扉から遥《はる》か彼方《かなた》に消え去った。

やっぱり神威《かむい》さんに逆らうのはやめておこう。

《恐怖により、スキル『防御力上昇』を獲得しました。》

………ありがとうよ。スキルさん。それに何気に初めての理由で獲得したな。

「ひ、日向《ひなた》くん」

「は、はいっ！」

「さっきの話は聞かなかったことにしてください！」

「は、はいっ！」

神威《かむい》さんの怒りモードに逆らう気が全く起きなかった。

「…………」

何故《なぜ》か神威《かむい》さんは残念そうな表情を浮かべた。


「おかえりなさい」

「「ただいま」」

落ち着いた神威《かむい》さんを連れて、元の部屋に戻ってきた。

座卓には豪華な食事が所狭しと並んでいる。

「日向《ひなた》くん。もう遅くなってしまったので、寮には私から連絡しておきました。一緒に食事してから帰ってください」

「は、はい。それはそうと……そちらの方は……」

さっきまでいなかった見た目が熊のような大きな体を持つ男性。スーツを着ているが今にも弾《はじ》けそうな体つきだ。

強い探索者だと言われても信じるくらいには、弱い俺でも一目で分かるくらいに、凄《すさ》まじい強さを感じる。

「うむ。俺は神威昌《かむいあきら》という。ひなたの父だ」

「は、初めまして！　鈴木日向《すずきひなた》といいます！」

まさか神威《かむい》さんのお父さんまで現れるとは思いもしなかった。確か神威《かむい》財閥と言っていたんだから、総師とかになるのかな？

「お父さん。おかえりなさい」

「た、ただいま」

神威《かむい》さんのお父さんが、彼女の反応を見て驚いた。

「聞いてはいたが…………目の前にすると今でも信じられん……」

「ですね。私も同じですわ」

「日向《ひなた》くん。感謝する」

急に頭を下げられて、あたふたして俺も頭を下げた。

多分冷気のことなんだろうと思う。

それからテーブルに並んだ美味《おい》しい食事を楽しんだ。

食事を美味《おい》しそうに食べる隣の神威《かむい》さんを、俺だけでなく、おじさんもおばさんも愛《いと》おしく見つめていた。

きっと食事も一人で取っていたのかもしれない。

おじさんとの談笑はとても面白くて、色んな国の話をしてくれた。さらに元は探索者だったようで、凄腕《すごうで》探索者だとおばさんは嬉《うれ》しそうに話してくれた。

いつか機会があれば、神威《かむい》財閥の職場を案内してくれるとのことで、一つ楽しみが増えた。

食事を終えて帰るために玄関に神威《かむい》さんと共にやってきた。

「神威《かむい》さん。ではまた学校で」

「日向《ひなた》くん！」

「ん？」

「…………名前。名前で呼んでほしい」

「っ⁉」

「嫌……かな？」

「そ、そんなことはない！　でも、その、時間が欲しいというか…………」

そもそもこんな綺麗《きれい》な人を名前で呼ぶってどうしたらいいのか全然分からない！

名前で呼ぼうとすると、心臓が爆発しそうだ。

「分かった。でも、いつでも……呼んでくれていいからね？」

「お、おう！」

「ふふっ。帰り、気を付けてね」

「ああ。神威《かむい》さんも冷気、気を付けてね」

「うん！」

笑顔で手を振る彼女を置いて、俺は神威《かむい》家の屋敷《やしき》を後にした。

◆

「彼は帰ったのかしら？」

「はい。お母さん」

お母さんの質問に淡々と答える。

最近感覚がずれそうになるけど、彼がいなければ、発動した氷神《ひょうじん》の加護が周りを氷《こお》らせてしまう。

だからこそ、感情を極力出さないようにする必要がある。

「いい男の子だね。これからも仲良くね」

「はい。彼には凄《すご》く助けてもらってますから」

「ひなた。必要なものがあるなら――――いえ、これは無粋なことだったね。でも神威《かむい》家は全力で貴女《あなた》を応援するわ。だって、貴女《あなた》は私達の娘だもの」

「お母さん………」

「ふふっ。今日は久しぶりに笑顔が見られて嬉《うれ》しかったわ。でも一人の時は危ないから……………」

「はい。すぐに部屋に戻ります」

「……………ええ。おやすみ」

「おやすみなさい」

お母さんに挨拶をして、すぐに部屋に向かった。

私の部屋は本邸から少し離れた別邸にあるので、急いで向かう。

到着した場所にある端末に右手をかざすと、重苦しい音が周囲に響いて、分厚い扉が開く。

さらに中からは冷たい冷気が外に漏れ出す。私の氷神《ひょうじん》の加護の永久絶氷《ぜつひょう》だ。

中に入るとすぐに扉が閉まる。

光一つない暗闇の中に、私は閉じ籠もった。

新規獲得スキル

フェイト

Fate

アクティブスキル

周囲探索
スキルリスト
魔物解体
異空間収納
絶氷融解
絶隠密
絶氷封印

Active skill

パッシブスキル

異物耐性	トラップ発見	凍結耐性
状態異常無効	トラップ無効	隠密探知
ダンジョン情報	武術	読心術耐性
体力回復・大	緊急回避	排泄物分解
空腹耐性	威圧耐性	防御力上昇
暗視	恐怖耐性	
速度上昇・超絶	冷気耐性	
持久力上昇		

Passive skill

第6話　Eランクダンジョン117

入学して二度目の週末になった。

平日もダンジョンに潜れるんだけど、今週はずっと神威《かむい》さんの訓練に付き合ったからな。

生徒会メンバーである彼女だけど、特例で生徒会には参加しなくてもいいらしい。

むしろ、何かに縛られないために特例を目当てで生徒会に入ったそうだ。

そんな彼女の週末はおそらくダンジョンでレベルを上げているんだと思う。

俺も負けないように、新しいスキルを獲得しておかなければな。

二度目となるEランクダンジョン117の前にやってきた。

ダンジョンは日本中にいくつもあるが、Eランクダンジョンが一番多く、そこからランクが上がるごとに数が少なくなっていく。

Dランクダンジョンまでは数が多いので番号を覚えるのは中々難しい。

Bランクダンジョンは世界でも7か所しかないので、1～7まで覚えやすくて、どちらかと言うと国の名前になっていたり、Aランクダンジョンに至っては世界で2か所しかない。

早速ダンジョンに入ろうとすると、軍人が俺を止めてくる。

「レベルは？」

「………０です」

「０⁉」

「大丈夫です」

「いや、すまないが入れるわけにはいかない。手の甲を見せてくれ」

渋々右手の甲を見せると、俺のライセンス刻印を見つめる。

レベルによってライセンス刻印の形が変わるので、簡単にバレる。

「………君の頑張りは理解するが、そのレベルで一人で入れさせるわけにはいかない」

「分かりました」

俺も子供じゃない。ここで彼を困らせるわけにはいかないからな。

一旦そこを離れて、どうしようか悩んだ時、昨日神威《かむい》家で獲得したスキルを思い出した。

スキル絶隠密《おんみつ》。早速使ってみる。周囲から自分の気配が消えていくのを感じる。

この前は無我夢中で使ったけど、こうして使ってみると面白い。

どれくらい隠密《おんみつ》で行動できるのか試してみる。

目の前を歩いている探索者を横切りながら目を見る。まるで何も見えていないかのように、
正面しか見ていない。

本当に見えないのか？　手を振ってみても全く反応が見られない。

これなら大丈夫と思い、ゆっくりとEランクダンジョン117の入口に近づく。

軍人は俺を全く見てない。ゲートの隣を通って中に入っても、全く止められなかった。

「止まれ！」

ビクッとなって、後ろを見つめると、何と凱《がい》くんが一人で入口にやってきていた。

どうやら俺じゃなく凱《がい》くんを止めているらしい。

「あん？　何だ？」

「手の甲を見せなさい」

「ちっ」

凱《がい》くんが右手の甲を軍人に見せる。

「通ってよし」

「ちっ。止めるんじゃねぇよ。こんな雑魚《ざこ》ダンジョン如《ごと》きに」

悪態をつきながら中に入っていく凱《がい》くんだが、俺が見えないようで全く反応もしないまま、俺の前を通り過ぎて中に入っていった。

「はぁ、最近の高校生はあんなんばっかか？」

溜息《ためいき》を吐《つ》く軍人に苦笑いがこぼれる。

ひとまず、俺も中に入った。

《スキル『ダンジョン情報』により、『トロルノ牢《ろう》』と分析。》

ん？　『トロルノ牢《ろう》』？

ここは通称『Eランクダンジョン117』と呼ばれているはずなんだが、実はちゃんと名前があったということか？

そういえば、以前入ったダンジョンは『ルシファノ堕天』という名前だった。

どうやら前回入ったダンジョンとE117は違うダンジョンだったようだ。

それにどちらにもちゃんと名前が付いている？

『ルシファノ堕天』は遠くにお城が見え、周囲には高い山が聳《そび》え立《た》つダンジョンだったが、ここは全く別物で、どこか外国にあるような平原が続いている。

緩やかな起伏に一面が緑に染まっていて、障害物が全くないのもあり、遠くまで見渡せる素晴らしい景色だ。

周囲を眺めて気付いたのは、ここにはお城のようなモノが見えない。つまりダンジョンだからといって必ずお城があるわけではないようだ。

平原をゆっくり歩いていくと、初心《しょしん》探索者と思われる二人が水色の可愛《かわい》らしいまん丸い魔物と戦っていた。

名前は知らないが、某ゲームに出てきそうなスライムに似ている。魔物じゃなければ、飼いたいと思えるくらいだ。

二人の探索者は一人が魔物の注意を引きながら、もう一人が武器で攻撃をして、魔物が攻撃された側に振り向いたら、役割を変えて戦う戦法を取っていた。

簡単そうに見えるが、二人の呼吸が合わないと難しそうだ。

二人の戦いを眺めて、二人が勝利してハイタッチをするところを確認し、その場を後にした。

平原は緩やかではあるけど確実に下降していて、遠目ではあるが向こうには川が流れている。

さらにこちらよりも探索者が多くいる。

ひとまず、川を目指していると、俺の前にさっきの魔物が現れた。

どうやら絶隠密《おんみつ》は魔物にも効くらしく、目の前の魔物は全く反応を見せない。

ゆっくりと近づき、しゃがんで魔物に触れてみる。

《閃《ひらめ》きにより、スキル『魔物分析・弱』を獲得しました。》

《スキル『魔物分析・弱』により、魔物『コル』と判明しました。》

《弱点属性は火属性です。レアドロップは『極小魔石』です。》

この魔物は『コル』というのか。スキルのおかげで、名前や弱点属性にレアドロップ品まで分かるようになるのは大助かりだ。

触った感触的には、見た目通りぷにぷにして大変触り心地がいい。

昔、一度だけショッピングモールで触ったことがあるウォーターベッドというモノに一番近いかな。

あまりにも触り心地がよいので、ぷにぷにと触り続けていたら、コルが弾《はじ》けた。

…………ちょっと揉《も》みすぎたか。

《経験により、スキル『手加減』を獲得しました。》

…………。

…………。

これでコルを無限に揉《も》めるな。

それにしてもこの揉《も》み心地癖になるわ～。

スキル『手加減』を覚えるのにコルを三十体も揉《も》み倒してしまった。

検証も兼ねてコルを三十体も倒した感想としては、やっぱりレベルは未《いま》だ0のままだと思う。

藤井《ふじい》くんが言うには、レベルが上がると頭の中にレベルが上がったと声が聞こえるそうだ。

それとレアドロップの『極小魔石』だが、三十体を倒しても一つも落ちなかった。

一つ疑問なのは、以前入ったルシファノ堕天では全ての魔物が必ず魔石を落としていたこと。

あの魔石で三十万円もしたんだから、ここで落ちる魔石は百万を超えてもおかしくない。やっぱり魔石って凄《すご》く高いんだな。

検証はある程度終わったので、そこら辺にいたコルを抱きかかえて、揉《も》みながら川を目指してゆっくり歩いた。

これは決して揉《も》み心地がよすぎて手放せなくなったわけではなく、手加減がどこまで続くのか検証をしているのだ。

「コルが飛んでる⁉」

驚く声が聞こえてきて声がする方を向いたら、俺を指さしながら驚いている探索者がいた。

着てる服から同じ学校の生徒なのが分かる。

「おいおい！　レアかもしれない！　倒すぞ！」

「おう！」

三人パーティーなのか、三人で一斉に俺に向かって武器を振るってきた。

避けられない速さじゃないので、避けながら川に向かって走り始める。

周囲探索が便利で、後ろ向きでも彼らの動きを全て読んで避けられる。

「はぁはぁ……何なんだよ、こいつ！　全然当たらねぇ！」

「飛んでいる……はぁはぁ……コル…………はぇぇ…………」

「く、くそぉ…………」

俺の可愛《かわい》いコルを倒そうとするなんて、何て罰当たりなやつらだ。

手加減がいつまで続くのか確認したいから、その場から早めに離脱する。

「は、はえええええ！」

「瞬間移動にしか見えねぇ～！」

そうかな？　ちょっと速く走ったら、彼らが見えなくなった。

探索者に見つかると面倒くさいことになりそうだから、周囲探索で周りの探索者と遭遇しないように移動する。

暫《しばら》く走り込むと川に辿《たど》り着《つ》いた。

川の中に手を入れてみると、しっかりと冷たい水だった。

前のダンジョンにあったような猛毒の水ではなさそうなので、軽くすくって飲んでみると、普通の湧き水と同等の美味《おい》しさを感じる。

これならペットボトルを持ってきて水を詰めて異空間収納で持ち帰りたくなる。

いつか試してみようと思う。

それとここに来るまでコルをずっと揉《も》んでいるのだが、弾《はじ》けそうな気配は全くない。

スキル手加減は、その気になればダメージ0で攻撃を与えることができそうだ。

次に検証したいのは、手加減がどれくらいの相手まで効くのかだが、今のところそれを明確に試せる相手がいないので、ゆっくり検証することにしよう。

ひとまず、手に持っていたコルを川の中に投げてみる。

予想通りというか、コルは水の抵抗を受けることなく、何もなかったかのように川の中を移動して平原に戻ってきた。

魔物の特性によってはこういう動きができるということだ。水の中を自由に移動できる魔物がいる事実を知ることができた。

コルを見送った後、今度はダンジョンについて色々調べる。少し速めに走りながら、ダンジョンの構成を確認する。

どこまでも広がっている平原と、どこからか流れ続ける川。

川を越えた先は同じく平原が続いているが、向こうに探索者の姿は誰一人見えない。

ある程度走り回ると、探索者が多く集まっている場所を見つけた。木製の船着き場があり、その周囲で休んでいたり、狩りをする人々が多い。

そこに何かがあるのは明白なので、少し観察を続ける。

すると四人パーティーが船着き場に向かい始めた。

まだ船もないのにどうしたんだ？

彼らが船着き場に入ると同時に、全身が粒子になり、その場から消え去った。

驚きながらも冷静に周りで話していたことを総合すると、どうやら船着き場はただの船着き場ではなく、次の場所に転移できる装置のようだ。

そこで一つ疑問に思ったので、近くからコルを一体拾ってきた。

ゆっくり歩くとまた攻撃されかねないので、できる限り速めに移動してコルを船着き場に投げてみた。

「ん？　おい！　船着き場にコルがいるぞ!?」

気付いた探索者が声を上げると、周りの探索者達が驚きながらコルに注目する。

「おいおい。船着き場の中にコルがいたらどうやって倒すんだ？」

「あれじゃゃねぇ？　移動する前に倒すとか」

「一撃ならあり得るけど、結構厳しいと思うがな。誰か遠距離攻撃できないか〜？」

ふむふむ。どうやら船着き場に入っても魔物は転移せず、探索者だけが転移するようだ。さらに強制移動なのも分かった。

コルが船着き場にいて騒ぎになり始めたので、もっと集まる前に、船着き場に絶隠密《おんみつ》のまま入ってみた。

転移した場所は元の場所とは打って変わり、暗い洞窟の中だった。

「くそがあああああ！」

入るや否《いな》や大きな怒鳴り声が響く。

その声には聞き覚えがあり、視線を向けると、予想通り凱《がい》くんの声だった。緑肌の二メートルくらいの魔物で筋肉がはちきれんばかりの人型魔物と戦っていた。

その他にもパーティーが二つあって、それぞれ大きな魔物と戦っていた。

《スキル『魔物分析・弱』により、魔物『トロル』と判明しました。》

《弱点属性は火属性です。レアドロップは『小魔石』です。》

近くにいた魔物に触れると、魔物分析・弱が発動してくれて、どうやら弱でも発動できる魔物らしい。

名前は『トロル』というのか。俺が知っているトロールのイメージから比べると随分小さい。どちらかといえば、オークと言われた方が納得するが、まぁ名前はどうでもいいか。そもそもトロールでもなくトロルだし。コルもスライムじゃないし。

巨体に似合って凄《すさ》まじいパワーで、大きな棍棒《こんぼう》を地面に叩《たた》きつける度に大きな音が響く。

音圧からして一撃喰《く》らうだけで瀕死《ひんし》になりそうだ。

一つ気になるのは、周りがパーティーで戦っているところを、凱《がい》くんは一人でトロルと戦い続けている。

他のパーティーはメンバー構成のバランスがよく、前衛と後衛に分かれて戦っている。

初めて知ったことだが……探索者って『魔法』みたいなのが使えるんだな。

杖《つえ》を持った探索者が火の玉を発射させていて、そういう攻撃の仕方もあるんだと感心する。

俺は今のところ殴ることしかできない。レベルが0なので仕方ないけど。

凱《がい》くんの戦い方といえば、非常にシンプルでトロルの攻撃を避けながら大剣で攻撃する。基本的にカウンター戦法だ。

意外というべきか、冷静にトロルの攻撃を避けている。性格的に攻撃を優先しそうなのに、攻撃ばかりするよりは避けることを優先しているんだな。

その時。

戦いに集中して避けながら攻撃していた凱《がい》くんが、後方にもう一体のトロルの存在を見逃していたようで、徐々に後方のトロルに近づき、やがてそのトロルにぶつかってしまった。

「はあ⁉　何でここにトロルが⁉」

直後にもう一体のトロルが棍棒《こんぼう》を叩《たた》き込む。

一撃をモロに受けた凱《がい》くんは、まるで投げられたボールのように大きく吹き飛んだ。

見た目通りトロルの攻撃は重みがあって、威力もそれ相応のものだ。

吹き飛んだ凱《がい》くんは口から血を流しながら、大剣を杖《つえ》代わりにしてふらふらと立ち上がる。

「ちくしょ……どこのどいつだ……放置……してんじゃ……ねぇ……」

ん？　放置？

「青年！　手助けするぞ！」

「た、助かる……っ」

隣で戦い終えたパーティーが、凱《がい》くんを吹き飛ばしたトロルを攻撃し始める。

ボロボロになった凱《がい》くんと元々戦っていたトロルがまた戦い始めた。

さすがはCランク潜在能力を持つ者というべきか。俺があの攻撃をモロに喰《く》らったらひとたまりもなさそうなのにな。

暫《しばら》く観察を続けると、パーティーがトロルを倒したのと同時に、凱《がい》くんもトロルを倒した。

「はぁはぁ……」

「災難だったな。青年」

「手助け……ありがとう……ございます……」

さっきのダメージが余程効いたのか、その場に崩れるように座り込んだ。

「探索者同士、困った時はお互い様さ。それにしてもトロルの自然復活にしては早かったな」

「……」

凱《がい》くんは周囲を見回すと溜息《ためいき》を吐《つ》いた。

「三パーティーしかいないのに……四体目が………」

「青年。あまり無理はしない方がいい。探索者は命あって何ぼだからな」

「知って……ます………」

悔しそうに拳を握ると「少し休んだら帰ります」と話す。

それにしても四体目という言葉が気になる。

すると助けに入ったパーティーの数以上にボスが出現することってあるの？」

「ねぇねぇ。パーティーメンバーが小声で話した。

「う～ん。聞いたことないな」

「だよね？　でも確実にトロルが四体いたよね」

「それは間違いないな。俺らが倒す前に既にいたからな」

……………………まさか。

「これって探索者組合に報告した方がいいんじゃない？」

「そうだな。あの青年のような被害者を増やすわけにはいかないからな。有能な探索者をEランクダンジョンで散らせるのはもったいない」

「そうね。それにしてもあの子、一人でタフだね」

「まぁ修行は一人の方が効率がいいからな」

「経験値効率は一人の方がいいけどさ。死んだら元も子もないからね。ゲームじゃないし」

「………それくらい何かを覚悟しているんだろう」

「ふ〜ん？」

「男には時に譲れないプライドがあるものさ。命よりもな」

女性の頭をポンポンと優しく叩《たた》いた男性は、凱《がい》くんが洞窟を出るまで近くで見張りを続けた。

後輩探索者を思う彼の優しさが伝わってきた。

しばらくして凱《がい》くんが洞窟を後にして、パーティーの人達もみんな出て行った。

そこで凱《がい》くんが巻き込まれた原因がやっと分かった。

犯人は――――俺だった。

凱《がい》くんがトロル部屋から出て行ったあと、残った二パーティーにも三体目のトロルが出現したことが確認されたので、彼らもトロルを倒して異常事態だと言いながら、部屋を後にした。

ボス部屋に一人になった俺は、暫《しばら》く待機してみる――――するとトロルが一体現れた。

つまり、絶隠密《おんみつ》でここにいる俺が、一パーティー分の判定になっているということだ。

帰って行ったパーティーが話していた内容から知ったことは――――それぞれのダンジョンは、ボス部屋と呼ばれる場所があり、ダンジョン最奥《さいおう》に当たるらしい。

ボス部屋はいくつか種類があるけど、E117のボス部屋は入ったパーティーに付き一体のトロルが現れるというモノだ。一パーティーしか入れない部屋になっていて、ボス魔物と戦える部屋が存在するダンジョンもあるそうだ。

ダンジョンの構造はランクによって違い、Eランクは一層とボス部屋のみで、Dランクからは二〜三層、Cランクは四〜八層のダンジョンになる。

コルの検証で分かったことなんだが、絶隠密《おんみつ》は攻撃を行うと強制解除される。そこで、大切なのはあくまで攻撃を行うという行動だ。つまり、攻撃をしていないのであれば解除されない。

例えば、コルを抱きかかえているとか、揉《も》んだりとか、トロルに触れて魔物分析・弱が発動しても攻撃ではないので解除されない。

これは魔物だけでなく、人にも効くので人に触れても解除されない。俺が触れると感触はあるみたいで、触れられた人達は周りをキョロキョロ見ていた。

それと絶隠密《おんみつ》中には喋《しゃべ》ることもできる。声を出しても絶隠密《おんみつ》状態は解除されない。

あとは他のスキルを使っても解除されないので、異空間収納から何かを取り出しても問題ない。この場合は、何も知らない人は何もないところから物が出現したように見える。

それと絶隠密《おんみつ》状態であれば、俺自身も透明になって、自分の体が透けているのが体験できる。

初めてスキルを使った時は、神威《かむい》さんに夢中になりすぎて自分の視界でも自分の体が透明であることに気付かなかった。

さて、せっかくなのでトロルとやらと戦ってみることに。

武術を獲得してからの自分の動きが達人のように感じられる。

例えば、相手の動き一つ一つが感じ取れるし、相手の『弱点部位』が何となく分かる。

それに、俺のレベルが0だというのに、既にある程度の腕力があるように感じる。コルを揉《も》んでいたら弾《はじ》け飛んだように。

総合的に考えて武術だけでも、ある程度戦えるようになってる気がする。なので、トロルを相手にどこまで戦えるのか試してみる。

武術を駆使して、トロルの弱点部位の首の後ろを目掛けて飛び上がり、蹴りを叩《たた》き込む。

普段から筋トレは欠かさずにしていて、体を動かすのは苦ではない。思っていたよりも自分の体が軽くて、一気にトロルの首の後ろに回れた。

蹴り込んだ後、筋肉質のトロルから足を弾《はじ》かれ、後ろに大きく飛び上がって着地した。

肝心のトロルは少しビクッとなってその場で動かないだけ。それくらいトロルは強いのだと思われる。

絶隠密《おんみつ》状態が解除された俺は、すぐに体勢を整えて少し距離を取りトロルの様子を窺《うかが》う。

速度だけならスキルのおかげでそれなりに自信がついたのでいつでもかかってこい！

…………。

…………。

絶隠密《おんみつ》を強制解除して再使用までにかかる時間は――――六十秒。

次の絶隠密《おんみつ》が使える時間まで、トロルから逃げ回らなければならないかもしれない。

しかし、何故《なぜ》かトロルが全く動かない。

俺の攻撃ではダメージも負わないのか？　このまま六十秒待つべきか？　それとも追撃を

――と思っていると、トロルがその場で前方に倒れ込んだ。

…………？　もしかして死んだふりか？

いつでも逃げられる体勢を取りつつ、恐る恐るトロルに近づいていく。

すぐにでも手を伸ばして俺を捕まえてはボコボコにするかもしれない。

一応、防御力上昇があるので、一撃くらいは耐えられるだろうか……？

周りには俺を助けてくれそうな人がいないので、慎重に近づいていく。

スキルのおかげで恐怖は感じないが、それでも自分が緊張しているのは感じる。

トロルの一挙一動に注目しながら、ゆっくり一歩ずつ近づく。

――その時。

後ろの方から人の気配がして、静寂だったボス部屋に探索者が入ってきた。

眩《まばゆ》い光の粒子がふんわりと広がり、見慣れた制服の女子生徒が現れた。

週末でも制服でのダンジョン探索なのもあり、一目で誠心《せいしん》高校の生徒だと分かる。

さらに目立つのは神威《かむい》さんとは違う綺麗《きれい》さだ。肩にかかる黒い艶のある髪がふんわり波打つ。

目と目が合う。可愛《かわい》らしい大きな目が彼女の綺麗《きれい》さをより際立《きわだ》たせている。

神威《かむい》さんに大人の魅力を感じるなら、彼女にはあどけなさの魅力を感じる。

「ん？」

「………」

どど、どうしよう!?

絶隠密《おんみつ》を再度使うにはあと四十五秒も必要なんだ。誰も来ないと思っていたのに、誰かに現状を見られてしまった。

このまま何とかはぐらかさないと、学校で噂《うわさ》になりかねない。

「誠心《せいしん》高校？　初めまして」

「は、初めまして」

まさか先に挨拶されるとは思わなかった。興味ありげにこちらを見つめてくる。

「へえ～。一人でトロルを倒したの？」

「まだ倒せたか分からなくて」

「えっ？　いや、倒れてるじゃん」

俺が蹴ったトロルを指差して、不思議そうな表情を浮かべた。

「え、えっと………どうして分かる？　死んだふりをしているかもしれないのに」

「え!?　死んだふり!?　何それ！　そんなことする魔物っているの？」

「えっ!?　い、いないのか？」

「あーははは～そんな魔物いないよ？　魔物って常に動き回るし、攻撃されて動かなくなったら、もう倒したってことよ？」

ん？　俺が読んだダンジョン入門書と違うぞ？　魔物というのは死ぬ間際《まぎわ》こそ一番危ないから、警戒すべきだと書かれていた。

彼女はそれを知らないのか、それとも俺が読んだ入門書が間違っていたのか。

何も警戒せずにトロルに近づいていった彼女は、その場に屈《かが》んでトロルをツンツンと指でつつきながら、「ほら」と言ってきた。

………………。

「どうしたの？」

「…………そ、その」

「その？」

「…………み、見えてる……」

「⁇　あ～大丈夫だよ。ほら、下にスパッツは穿《は》いてるから」

スカートを摘まみ上げてくる彼女から視線を真横に向ける。

「ふふっ。普通はみんな見るよ？」

「み、見ない！」

「ふう～ん」

目のやり場に困っていると、部屋の中に魔物が現れる気配を感じる。

彼女が入ってきたことで、新しいトロルが現れた。

「さ～て。ねえ。君」

「お、おう」

「今から見せるのは秘密ね？　誰にも言わないでよ？」

「え？　あ、ああ。分かった」

横向きになった彼女は、流し目で俺にウインクを送り、トロルに向かって走り始めた。

このダンジョンに入ってから会った人達に比べると、その速度は――圧倒的に速い。

腰の後ろから何かを取り出した彼女は、トロルに叩《たた》きつけた。

彼女が取り出したのは――トンファーと呼ばれている武器だ。

両手のトンファーが同時に当たる直前、それぞれに赤色と黄色い光が宿った。

トロルの攻撃を上手くいなしながら、何度も攻撃を叩《たた》き込む。

叩《たた》かれた場所が変色しているので、きっとマジックウェポンだと思われる。

と、そろそろ絶隠密《おんみつ》が解除されてから一分が経過したので、急いでトロルを魔物解体で回収して、絶隠密《おんみつ》を使う。

全身が透けて、やっと安心できる状態になった。念のため最初とは離れた場所に移動する。

「ふう～一分もかかるのか～まあまあだったね！　どう～？　君――あれ？　いない？」

振り向いた彼女は周りをキョロキョロ確認すると、一目散に入口に走っていく。

そのまま外に出ると思いきや、入口の前で止まって振り向いた。

「ねえ！　出てきて！　絶対にまだ部屋にいるんでしょう⁉」

彼女の大声が周囲に響き渡る。

できればこのまま彼女が諦めてフロアボス部屋から出ていってほしい。

まだ出会って間もないので、俺の顔は覚えていないはずだ。

次の瞬間、彼女は迷うことなく俺に向かって真っすぐ走ってきた。

「ここでしょう⁉」

避けようと思えば避けられたのだが、捕まってしまった。

「凄《すご》い！　本当に隠れてた！　ねえ、一回解除してよ！」

どうしたらいいんだ……あまり見られたくないのだが………。

「ふう〜ん。解除しないんだ？　じゃあ………私、泣いちゃうよ？」

「はあ⁉」

「早く……解除………」

本当に両目がうるうるとなってきて、今すぐにでも泣き出しそうだ。

こればかりは仕方ないな。

溜息《ためいき》を吐《つ》きながら絶隠密《おんみつ》を解除する。

「凄《すご》い〜！　どうやって隠れていたの⁉　そういう能力？」

彼女が手に持っていた目薬を隠しながら聞いてくる。

「あ、ああ」

「全ての気配を隠せるなんて凄《すご》すぎるよ！　こう見えても、そこそこ強い私でも全然感じられなかったんだから」

「でもこの場所が分かっていたんじゃ？」

「ふふっ。私には特殊な能力があるからね。たまたま君のそれと相性がよかっただけだよ～」

相性がよかったというセリフだけやけに強調する彼女。その能力というのが気になる。

「………君。あまり人と話さないでしょう？」

「うっ」

「友達もあまり作らないでしょう？」

「ぐはっ」

「ぷっ。あ～ははは～！」

急に大声で笑い出す彼女。俺の前だというのに、全く構わず涙が出るほど笑い続けた。

でも何故《なぜ》か彼女の笑いは憎めない。俺を馬鹿にしている笑いではなかったからだ。

「怒った？」

「いや、怒ってない」

「へぇー。君って意外と男らしいじゃん？」

「そ、そうか？」

「普通はもっと嫌うよ？」

そうなのか？　まぁ、俺は普通じゃないかもな。何たってレベル0だしな。

「ねえ、どうして隠れるの？」

「…………」

「教えたくないの？」

「ああ」

元々知らない誰かと話すのは得意ではないし、凱《がい》くんのように悪意のある人だっている。

彼女はそうは見えないけど、だからといってそうでないという確証もない。

「じゃあ、君のその能力。誰かにバレると困る？」

「っ⁉」

それはとても困る。特に凱《がい》くんにバレたら色々面倒くさいことに……いや、俺がレベル0だと知っている者達にバレたらどの道面倒なことになりそうだ。

「俺に何を求めるんだ？」

彼女は人差し指を立てて笑顔で「ちゃんと空気読めるじゃん！」と話す。

絶隠密《おんみつ》が使えることを人質に取られた以上、彼女の言うことを聞くしかないか……。

「そう難しく考えなくていいよ？　暫《しばら》く私と——臨時パーティーを組んでほしいの」

「はあ⁉」

「いいでしょう？」

俺みたいなレベル0とパーティーが組みたい⁉　もし活躍できなければ、絶隠密《おんみつ》をバラされるかもしれない。E117ならギリギリ俺でも活躍できるから何とかなるか？

「わ、分かった」

「やった〜！」

彼女はすごく嬉《うれ》しそうにその場で軽く飛び跳ねる。小動物のような可愛《かわい》さだ。

ふと、彼女に妹の姿が被《かぶ》って見えた。妹もこういう喜び方をしていたっけ。

「じゃあ、早速、よろしくね！」

「ああ。よろしく。言っておくが、俺は大した強さではない。あまり期待しないでくれ」

「そう〜？　でもパーティーを組むからにはお互いを支え合えばいいと思うし」

それが彼女の本心なのは伝わってくる。妹同様、人に嘘《うそ》をつけないように見える。といっても、俺は人との付き合いがほとんどなかったので、それが正解なのか確証はない。

「じゃあ、ここでこのままトロルでも倒そうか」

「そうだな」

彼女はどこからかレジャーシートを取り出して、地面に敷いて座り込んだ。

隣を手でトントンと叩《たた》いて、俺も座れと無言の圧力を送ってくる。

もしかして彼女も異空間収納が使えるのか？　意外に使える探索者もいるようだ。

「自己紹介がまだだったね。私は詩乃《しの》。詩乃《しの》って呼んで。ちゃんと呼び捨てね？」

初対面の女性を呼び捨て……それに何故《なぜ》か苗字《みようじ》は名乗らない。

「俺は鈴木《すずき》日向《ひなた》だ」

「日向《ひなた》くんね！」

すると彼女が俺の制服についている校章を覗《のぞ》き込んでくる。

校章の周りに色がついており、赤青緑の三種類の色で学年が分けられ、今年の赤色は一年生を示す。来年になったら二年生を示す色に変わるというわけだ。

彼女の校章も赤色だ。

「君、二組じゃないよね？」

二組というのは学校のクラスのことか。

「ああ。俺は三組だ」

「隣クラスか～残念！」

そもそも初めて会うんだから別クラスだと思うのだが……？

「三組だと、あの噂《うわさ》の氷姫《こおりひめ》様がいるクラスだね」

やはり神威《かむい》さんって有名人なんだな。

「そうだな。神威《かむい》さんと同じクラスだよ」

「そっか～意外と強敵が近くにいたんだね」

強敵……？

詩乃《しの》はそれ以上何も言わず、何だか楽しそうに笑顔になった。

暫《しばら》く待っていると、トロルが現れた。

「私が正面から行くね」

身軽に起き上がった詩乃《しの》は、武器を構える。

「お、おう」

初めてのパーティーでの戦いに緊張しながらトロルに向かう。

詩乃《しの》が先に走って、トロルが叩《たた》きつける棍棒《こんぼう》を身軽に避けていく。

俺は全速力でトロルの後方に回った。

「はやっ⁉」

詩乃《しの》に向いたトロルの首の後ろが見えた。

一気に飛び込んで蹴りを入れる。

いつの間に必死になっていたのか、緊張でほんの少しだけ息が上がっている。

トロルがその場に倒れ込んだ。

「君って凄《すご》いね！」

「お、お？　そうか。もう倒れたのか」

もしかして、弱点部位って俺が思っているよりもずっと効果が高いのかもしれない。

俺みたいなレベル0でトドメを刺せるんだからな。

詩乃《しの》はずっとニヤニヤしたまま俺を見守った。

「素材はどうする？」

「君の好きにしていいよ？」

「え？　全部？　素材とかいらないのか？」

「うん。お小遣いは間に合ってるから」

いらないいらしいからお言葉に甘えてトロルを魔物解体して異空間収納に回収した。

その間、彼女はずっと見守っていた。

それから数体のトロルを倒して、ようやく狩りを終える時間となった。

早速、絶隠密《おんみつ》状態になる。

「えっ？　また消えた？」

「い、いや、あまり誰かに見られたくないから……」

「そっか。じゃあ――握って！」

そう言いながら左手を前に出してきた。

「はあ!?」

「ちゃんと最後まで一緒にいてもらいたいから、逃げられないように手を握って」

このまま逃げたら………。

「もし逃げたら君のクラスの前で大泣きするからね？」

「わ、分かった……」

「やった～♪」

彼女の手を握ったまま、ボス部屋を後にした。

平原をゆっくりと歩いて入口に戻るが、やはりというべきか、彼女が通っていくだけで男子達から注目を集めた。

神威《かむい》さんは目立つという意味も込めて、凄《すご》く見られているけど、詩乃《しの》もまた美少女であることに変わりはなく、そこに立っているだけでオーラを放つ。

それに不思議なのが、異様に髪の艶がいい。歩くだけで揺れる髪が波を打つ。

手に触れた詩乃《しの》の手は柔らかくて、女子特有の甘い香りがした。何だか妹をまた思い返す。

妹と雰囲気も似てるからますますそう感じるのかもしれない。

広い平原を詩乃《しの》と手を繋《つな》いだまま歩いていく。小さく鼻歌を歌ってる彼女はご機嫌だ。

ダンジョン出口に着いて、外には出ずに、そこから後ろに回った。

「ほら、ここならもう大丈夫でしょう～？」

「ああ」

絶隠密《おんみつ》を解除すると、彼女が嬉《うれ》しそうに満面の笑みになった。

「逃げなかったのは褒めてつかわしますわ～！」

「ははっ、お嬢様」

大袈裟《おおげさ》に貴族風挨拶を行う。

「ええ⁉　このネタについて来れるなんて…………一体何者⁉」

「いや、妹がよくやるからな」

妹に似てて、思わず妹との距離感が出てしまった。

「ふふっ。妹さんがいるんだ～。それにしても足音も息の音も聞こえないなんて、凄《すご》いわね。君の隠れ術！」

「そうだな。俺自身はよく分からないが、ちゃんと隠れられるようだな」

「本当に凄《すご》いよ。全く気付かないんだもん」

「ああ。おかげでダンジョンに入れたからな」

「う～ん。君なら普通に入れるでしょう？」

「…………いや、残念ながら入れてもらえないんだ」

「うっそ⁉　君のような強者を？」

「強者じゃない。探索者でも一番弱いはずだ」

何たってレベル0だから、他にレベルが上がった探索者の方が余程強くなれると思う。

ただ、今のところ、スキルでEランクダンジョンには通用しているだけだと思う。

「ふ～ん。そういう感じね～大体分かった～」

ジト目で見つめてくる詩乃《しの》。

何とか空笑いで誤魔化す。

「さて、君って明日もここに来る？」

「いや、明日は違うダンジョンに行くつもりだった」

「どこのダンジョン？」

「E90にしようと思ってる」

「そっか～じゃあ、明日の朝十時までにE90の中の入口集合ね！」

「！？！？」

驚く俺を見た詩乃《しの》が目を細めて顔を近づけてくる。

「私達ってパーティーだからね？」

「お、おう……分かった」

てっきり今日だけだと思ったのだが……これは仕方ないな。

「じゃあ、また明日ね！」

そう言った彼女は素早くポケットから何かを取り出して、耳に当てながら走り去った。

すっかり空が暗くなり始めて、寮に帰ってきた。

玄関口で俺に向けられた声がする。

「おかえり～」

「ん？　ただいま。ダンジョン帰りか？」

「そうそう。今日はヘルプを頼まれたからね」

少し制服が汚れている藤井《ふじい》くんが、丁度寮の玄関先で挨拶をしてくれた。

「日向《ひなた》くんはあまり汚れてないね。今日はダンジョンには行かなかったのかい？」

「一応行ったんだけど、色々あってそれほど苦戦はしなかったよ」

「そうなんだ～日向《ひなた》くんだからまた女子に巻き込まれてそうだね～」

「えっ⁉　あはは………」

「図星なのかな？　ふふっ～」

藤井《ふじい》くんに図星と言われてハッとなる。俺ってそんなに表情に出るのか？

寮母さんに挨拶をして、部屋に戻り、いつもの洗濯場にやってきた。

もちろん藤井《ふじい》くんも洗濯場に来て、一緒に洗濯をする。

「藤井《ふじい》くんはどこのダンジョンに行ってたんだ？」

「僕はD86に行ってたよ」

「D⁉　凄《すご》いな」

「あはは～ヘルプだからね。僕はあまり強くなくて、メンバーが豪華だった感じだね」

「仮にそのメンバーが強かったとしても、そこに追いつけるだけの実力があるからだと思う」

少し照れ笑いをする藤井《ふじい》くん。

「そういう日向《ひなた》くんはどうだったの？」

「俺はE117に行ってきた。ここら辺で一番の初心者ダンジョンと聞いたからな」

「そうだね。でもフロアボスは強いから気を付けてね？」

「そ、そうか？　まあ、たまたまパーティーを組んでくれた人が強くて倒せたよ」

目を大きくして驚いた藤井《ふじい》くんは何かを考え込むと、「うんうん」と頷《うなず》いた。

「そういえば、探索者で亡《な》くなる人も多いと聞くけど、どれくらいいるんだ？」

俺の質問に柔らかい表情になった藤井《ふじい》くんが口を開いた。

「えっと、探索者って大きく分けて二種類あるのは知っている？」

「二種類？」

探索者ってダンジョンに潜る以外に何かあるのか？

「探索者って、大きく分けて、決まった場所を回る保守組と、新しい階層を目指す攻略組に分かれているよ。最初はみんな自分なりの攻略を進めるけど、基本は踏破された階層を回るので保守組というイメージかな？」

なるほど……保守組と攻略組か。

「保守組は基本的に死亡率は高くないよ。事前情報があるからね。でも、たまに出るイレギュラーがあるから、それがなければほぼ0なんだ。でも攻略組はそうはいかない。新しい階層を目指している彼らは、常に死と隣り合わせと言われているんだ」

「ふむ。一つ疑問があるんだが、そんなに危険なら攻略組である必要はあるのか？」

「そう考える人が圧倒的に多いだろうね。でも攻略組には攻略組なりのよさもあると聞くよ」

「攻略組なりのよさ？」

「ほら。そのうちの一つがあれとかね」

藤井《ふじい》くんは洗濯場の窓の外を指さした。

ちょうど窓の外で、大きな飛空船が空を飛んでいる。

「探索ランキング——そのランキングは探索者としての活躍がポイントとなり、ランキングに名前が載るんだ。トップ10ともなれば、国からは破格の待遇も受けられるけど、それ以上に世界の人達から注目されるからね」

「ランキングか………」

「えっと、これは秘密なんだけど、誰にも言わないでね？　実はランキング上位に入ると、特別な報酬があると言われているよ」

「特別な報酬？」

「うん。人間では絶対に成しえない特別な効果を持つ報酬が貰《もら》えるそうだよ。それが目的で探索ランキングで一位を取るために頑張っているんだと思う」

少し藤井《ふじい》くんの表情が暗くなる。

秘密ということは、何かしら彼自身があのランキングに関わっているのだろう。それを詳しく聞くつもりはないけど、いつか聞けたら聞いてみたいと思う。

「でもね。今は大変な時代になっちゃったね」

「大変な時代？　何かあったのか？」

「うん。とんでもない事件があって」

藤井《ふじい》くんが視線を飛行船に移して、続けた。

「ほら。一位の人。アンノウンって呼ばれているんだけど、その人のおかげでランキング一位が誰も超えられなくなってしまったんだよ」

そういや、この前も名前がない人が一位になったって騒いでいたものな。

丁度洗濯も終わり、藤井《ふじい》くんに感謝を伝えて部屋に戻った。


先週獲得したスキル『異空間収納』。

マジックリュックの代わりにしているスキルだが、まだ検証が途中だったことを思い出した。

その検証というのは、最初に潜ったダンジョンで獲得した素材の中に、ティラノサウルスと兎《うさぎ》魔物と子豚魔物の――――肉が入っている。

ダンジョン入門書に書かれていたけど、魔物にはいろんな種類があるが、動物型魔物の場合、その肉を食べられると書かれていた。

強い魔物になればなるほど、その素材自体が強くなり、中でも肉類はより美味《おい》しくなるため、高額で取引されるという。

今回の検証の内容は、異空間に収納していた肉類がどうなるかということだ。

異空間からそれぞれの肉を取り出してみると、昨日獲《と》ったばかりのような新鮮さだった。

つまり、異空間収納した素材は時間が経過しないか、劣化がものすごく遅くなると思われる。

新規獲得スキル

フェイト

Fate

アクティブスキル

周囲探索	手加減	
スキルリスト		
魔物解体		
異空間収納		
絶氷融解		
絶隠密		
絶氷封印		
魔物分析・弱		

Active skill

パッシブスキル

異物耐性	トラップ発見	凍結耐性
状態異常無効	トラップ無効	隠密探知
ダンジョン情報	武術	読心術耐性
体力回復・大	緊急回避	排泄物分解
空腹耐性	威圧耐性	防御力上昇
暗視	恐怖耐性	
速度上昇・超絶	冷気耐性	
持久力上昇		

Passive skill

第7話　詩乃

レベル0の無能探索者と蔑まれても実は世界最強です
～探索ランキング1位は謎の人～

日曜日。

詩乃《しの》との約束もあって、真っすぐE90にやってきた。昨日のE117はここら辺一帯で一番簡単と言われているダンジョンだが、同じEランクでもE90は難しい方だという。

E90に向かうために絶隠密《おんみつ》を使用して走り出す。

ダンジョンは現実とはかけ離れた異世界のような場所だった。

しかし、今走っている景色も今まで経験したことがないどこか現実離れしたものを感じる。

高いビルや人々がどんどん通り過ぎていく。

絶隠密《おんみつ》のおかげか、誰も俺を気にすることがないので、全力で走っていく。

E90までは目算で1時間はかかると思っていたのだが、数分のうちに辿《たど》り着いた。

それに息一つ上がらないのは、スキル『持久力上昇』のおかげなのだろう。

そのまま入口から中に入った。

《スキル『ダンジョン情報』により、『ギゲノ牢《ろう》』と分析。》

E90は、E117とは違い、森林地帯だった。木々が邪魔で遠くが見渡せない。

ただ俺には周囲探索があるので、ある程度周囲の状況が分かる。

入口には昨日と変わらない姿の詩乃《しの》がボーッと待っていてくれた。

絶隠密《おんみつ》状態だからか、俺が入ったことに気付かない。少しだけ彼女の行動を見つめる。

どこか遠くを見つめる姿もまた綺麗《きれい》だ。

「お待たせ」

「ひいっ⁉」

ビクッと驚いた詩乃《しの》が俺に向いた。

「ちょっと！　入ったらすぐに姿を見せなさいよ！」

「あはは、悪かった」

妹みたいな詩乃《しの》だから、少しいたずらがしたくなった。

絶隠密《おんみつ》を解除すると、むくっとむくれた詩乃《しの》がまた可愛《かわい》らしい。

「じゃあ、今日はここを攻略するか」

「むう……私に見つけられない人がいるなんて、本当に驚きだよ」

少し怒った口調で歩き出した詩乃《しの》を追いかける。

どこに向かうのかなと思ったら、俺の周囲探索で見つけた魔物に向かっていた。

もしかして詩乃《しの》も周囲探索が使えるのか？

Ｅ１１７で見かけた探索者達にそういう素振りはなかった。もしかしたら詩乃《しの》は強い探索者なのかもしれない。

向かった先に現れたのは、一メートルの体を持つリスだった。フォルムは可愛《かわい》らしいリスなんだが、前歯と目がとても鋭い。

「じゃあ、今日も昨日と同じくね～」

「分かった」

詩乃《しの》のタイミングを見計らって、俺も飛び出す。

俺達を視界に捉えた魔物が「キシャー！」と鳴き声を上げて飛び掛かってくる。

昨日と変わらず、身軽に避けた詩乃《しの》はトンファーを叩《たた》き込む。

コルもそうだったが、この魔物も弱点はないようなので、そのまま頭部を蹴り上げる。

《スキル『魔物分析・弱』により、魔物『クナ』と判明しました。》
《弱点属性は風属性です。レアドロップは『極小魔石』です。》

詩乃《しの》の武器は昨日とは違い、緑色と黄色い光が灯《とも》る。

トロル同様、クナも簡単に倒すことができた。

「今日も素材は全部日向《ひなた》くんにあげる」

「ありがとう」

お言葉に甘えて、魔物解体した素材を全て収納する。

それから森の中を進み、クナを倒し続けた。

それにしても魔物解体のおかげで、魔物の素材が余すことなく手に入るのは大助かりだ。

昨日のトロルと戦っていたパーティーは、魔物解体スキルは持っていなかったようで、剝ぎ取るための短剣で部位を切っていた。女性メンバーは視線を外していたくらいだ。

クナを何十体も倒した頃、ポツンと地面から生えたような不自然な洞窟の入口を見つけた。

「日向《ひなた》くん！　フロアボスの入口だよ！　急ごう！」

「お、おう！」

いきなり俺の手を引っ張って走り出す詩乃《しの》。急いで洞窟の中に入った。

中は予想通りで、何十人が入っても問題ないくらいに広い道が続いていた。

周りに魔物の気配はなく、そのまま早歩きで最奥《さいおう》に進むと、地面に不思議な白い魔法陣が描かれていた。

「ここってボス部屋前なのか？」

「そうだよ？　初めて？」

「ああ」

不思議なのはボス部屋前だというのに、他の探索者が誰一人いないこと。

昨日だってE117のボス部屋の中にも前にも大勢の探索者がいた。

「E90だけはね。特別なの。さっきの洞窟に何か違和感を覚えなかった？」

「そう言われると、洞窟の入口が不自然だったな」

「うん。ここはね。フロアボスを倒すと、あの入口が別な場所に移動するんだ」

「なるほど。そういうダンジョンもあるんだな」

やはりダンジョンは別世界なんだな。何もかもが。

詩乃《しの》に連れられて魔法陣の上に立つと、俺達の体を光の粒子が包んで一瞬で転移した。

転移した場所は元いた場所よりさらに広大な洞窟だけど、どこからも光が差し込んでいないのに、不思議と明るい場所だった。

その奥に、フロアボスと思われる巨大な黒い狼《おおかみ》が佇《たたず》んでいた。

「日向《ひなた》くん。作戦は基本的に変わらないんだけど、相手の攻撃に気を付けて。聞いた話だと火を吹くらしいから」

「分かった！」

同時に左右に分かれて走り出す。ダンジョン入門書に、二人パーティーで二人とも前衛なら左右に分かれるのが鉄則だと書かれていたからだ。

ダンジョンで初めて見た二人パーティーもコルを前後で注意を引いていたくらいだ。

黒い狼《おおかみ》に近づくとその大きさに圧倒される。

トロルも二メートルくらいの巨体だったけど、それよりも大きく、頭から尻尾まで三メートルはあり、高さも二メートルはある。

俺達に狙いを定めた黒い狼《おおかみ》が口に何やら火を溜《た》め込み始めた。

「日向《ひなた》くん！　来るよ！」

「分かった！」

直後、黒い狼《おおかみ》の口から火のブレスが吐き出される。

詩乃《しの》から俺の方にまで届く広範囲を薙《な》ぎ払《はら》うブレスが飛んでくる。

トロルとの戦いを思い出して、こちらに来るブレスを越えるためにより高く跳び上がった。

予想通り、高く跳ぶことができて火のブレスを飛び越える。

ふと地上を走っている詩乃《しの》と火の海が見えたと思ったら、次の瞬間、詩乃《しの》が右トンファーに溜《た》め込んだ不思議なオーラで叩《たた》くと、風圧で火のブレスが消え去った。

前方に詩乃《しの》、後方に俺が立ち、攻撃を開始する。

詩乃《しの》が頭部の注意を引いてくれる中、俺が後ろ足を蹴り飛ばすと、黒い狼《おおかみ》の体勢が崩れる。

《スキル『魔物分析・弱』により、魔物『ギゲ』と判明しました。》

《弱点属性は光属性です。レアドロップは『ポーション』です。》

すぐに詩乃《しの》が頭部を叩《たた》き込み、今度は俺が背中に飛び込み蹴り下ろす。

たった数秒間の攻撃だったけど、ギゲはその場に倒れ動かなくなった。

「日向《ひなた》くん～！　倒したよ～！」

「もう終わりか!?」

「ふふっ。もう動かないでしょう？」

当然のようにギゲを指でツンツンとつつく詩乃《しの》が笑顔で答えた。

やはり、俺が読んだダンジョン入門書は古い情報だったのか……。

ギゲももちろん魔物解体で素材に変える。牙や骨、皮を手に入れた。

「まさかここまで簡単に倒せるなんてね。驚いたよ～」

「俺もだ。これも全部詩乃《しの》のおかげだ」

「ふふっ。やっぱり日向《ひなた》くんってそういう感じなのね～」

「ん？」

小さく「ナイショ！」と言った彼女は、俺の手を引いてボス部屋を後にした。

ボス部屋への魔法陣がある部屋に戻ると詩乃《しの》が言う。

「この部屋のことを待機場っていうんだ。ここは誰か戦っていると飛べないようになってて、一組しかフロアボスと戦えないけど、他のダンジョンだとそのパーティーごとの部屋に飛べたりするみたい」

E90だけが特別か。それに何か理由でもあるのか？　ダンジョン情報によると、ここの名前は『ギゲノ牢《ろう》』と言っていたから、E117とそう変わらない気がするのだが。

待機場から外に出るとすぐに洞窟の入口が光の粒子となりその場から消えていった。

「なるほど。だから不自然に生えている形だったんだな」

「うん。しかもE90の広大なフィールドのどこに出現するか分からないから、ボス部屋を見つけるのは運だね」

ギゲのレアドロップ品のポーションは、高額で有名な品でもある。

できればたくさん手に入れたいところだったけど、そう簡単ではないみたいだ。

それから少し戦ったが、ボス部屋に入れる洞窟は見つからなかった。

「日向《ひなた》くん。そろそろお腹空《なかす》いた～」

「もうそんな時間だったな。どこか食べに行くか？」

「うん！　行く！」

元気よく手を上げて答えた詩乃《しの》が、俺の腕に絡《から》んでくる。

「うわっ⁉　し、詩乃《しの》？」

「うん？」

「い、いや……急にそうされても困るというか……」

「だって、私も日向《ひなた》くんがまた消えてもらっては困るからね。昨日みたいに」

くっ……もっと早く絶隠密《おんみつ》を使うべきだったか……。

それにしてもＥ１１７では探索者をよく見かけていたけど、Ｅ90に入ってからは誰一人見かけない。

それにここに入る前も入口が閑散としていた。

ひとまず、詩乃《しの》と一緒に入口に戻った。

「やっぱり入口が分かるんだね？」

「お？　ああ。それくらいはな」

「それくらい……ね。ふふっ。ねえ、日向《ひなた》くん」

詩乃《しの》が俺に向いて両手を合わせて謝り出した。

「先に謝っておくね。ごめん」

「ん？　何を？」

「私、頑張るから」

一体詩乃《しの》が何を言っているか分からなかったけど、すぐに俺の腕に抱き着いて、そのままダンジョンから外に出た。

一言も話さず、俺達は街の大通りに向かった。

段々と俺の腕を力強く抱きしめる詩乃《しの》に違和感を覚えながら、通りの中に入っていく。

大通りには制服の人もいれば、探索者の格好の人、スーツ姿の人、可愛《かわい》らしい服の人など、色とりどりの服の人達が歩く街路は、一つの美しい絵のようにも見える。

俺が住んでいた町は、田舎なのもあり、ダンジョン周辺以外はショッピングモールしか賑《にぎ》わってない。

ただ、この場所は田舎のショッピングモールと比にならないくらい人で溢《あふ》れている。

「っ…………」

少し下を向いて、俺の腕をより力強く抱きかかえる詩乃《しの》。

「大丈夫？」

「ご、ごめんね？」

何に謝っているのかが分からない。ただ、さっきから様子がおかしい。

足が震えていて、縋《すが》るかのように俺の腕を抱きかかえている。

ダンジョンと違う点といえば――――人の多さだ。

妹も初めてショッピングモールに行った時に、人の多さに酔っていた。

もしかしたら、詩乃《しの》は人混みに何かしらのトラウマを抱えているのかもしれない。

「どうしたら楽になる？」

「っ…………」

詩乃《しの》は何も話さない。ただただ下を向いて辛《つら》そうに震えていた。

ここに来る前に俺に謝ったのは、こうなるかもしれないからだと思う。

彼女にとってトラウマにおびえる現状を何とかしないといけないと思った。

俺の腕を抱きかかえる力がますます強くなる。

痛い――――とはならないが、心が痛いと感じる。

昔、人混みの中で倒れる寸前になった妹を見て、俺は死ぬほど後悔していた。

だからこそ、詩乃《しの》を助けたい。いや、必ず助ける。

神威《かむい》さんもそうだが、人は誰しも何かしらのトラウマを抱えて生きている。

それが弱いか強いかは人それぞれだからこそ、強いトラウマは生きていく上で大変な思いをすることが多い。

「っ…………ご、ごめん…………」

「謝らなくていい」

俺に縋《すが》っている詩乃《しの》と俺に構わず、人波は流れ続ける。

ここに存在しているはずなのに、人波に飲まれて同化して、まるで俺達が存在していないように感じてしまうのだ。

だが、俺の右腕にしがみついている彼女は本物で、確かにここに存在している。

彼女を連れて、人波をかき分けて進み、路地裏に入った。

「大丈夫？」

こういう時のために異空間収納に水を入れておけばよかったと酷《ひど》く後悔する。

「っ……」

人混みが見えない裏路地でも辛《つら》そうにしてるし、少しもよくなりそうにない。

詩乃《しの》にとって一体何が辛《つら》いんだ？　人波なら既に視界に入らないはずだ。

空気？

確かに空気はそれほどよくはないが、人が多いだけなら、Ｅ１１７のボス部屋前に大勢の探索者達がいて、彼らから注目を浴びていたはずだ。

ふと昨日別れ際《わかれぎわ》、彼女はポケットから何かを取り出して両耳に当てていたのを思い出した。

俺はおもむろに彼女の両耳に両手を伸ばして塞いでみる。

すると辛《つら》そうだった彼女の表情が一気に和らいだ。

「………どうやって普段生活しているんだ？」

「えへへ………これ………」

そう話す詩乃《しの》がポケットから出した小さい箱。中に入っていたのは密閉型イヤホンだった。

「どうしてイヤホンをしなかった？」

「だって……君と歩けると……思っ………」

俺はイヤホンを取り、彼女の耳に入れてあげた。

詩乃《しの》の頬に一筋の涙が流れる。

「ごめん……ね？」

何度目の謝りだろう。

「いや、俺こそ気付いてあげられなくてごめんな」

けれど、詩乃《しの》の表情はますます悲しそうになったものの、でも無理に笑う。

詩乃《しの》が付けているイヤホンはただのイヤホンではない。手に握った時、それが普通の物ではないと感じた。

おそらく音楽を聴くためでも、通話をするためでもなく、周りの音を防ぐのが目的だろう。

このままでは俺の声も彼女には届かない。だからずっと悲しそうに笑う。

彼女が大変な思いをするくらいならこのままでいいと思う……でもそれで彼女が納得するのか？

こうなると分かっていながら、彼女は我慢をしてまでここに来た。

たったイヤホン一つだけど、彼女の憂い通り、俺との間には大きな壁ができたように感じる。

それを何とかしてあげたいと思う。でも俺に何ができるか分からない。

だから考える。俺にできる何かを。

その時、俺の頭の片隅にとあることが思い浮かぶ。

これを何とか解決できるスキルを獲得できたら、彼女は笑顔で俺との時間を楽しんでくれるんじゃないだろうか？

神威《かむい》さんのように、神威《かむい》さんを傷つけていた冷気から守ったように。

だから――――力を貸してくれ！


《閃《ひらめ》きにより、スキル『念話』を獲得しました。》

ありがとう――――相棒。

「詩乃《しの》」

俺の声に悲しげに首を傾《かし》げる。

きっとこの声は届かない。それがますます彼女の表情を暗くする。

ずっと楽しそうにしていた彼女の本来の姿を取り戻したい。

だから、俺は初めて彼女に『念話』を使用した。

【詩乃】

「えっ⁉」

【そんな悲しい表情は似合わないよ？】

「ど、どうして!?」

【俺の声しか聞こえな――――】

次の瞬間。

詩乃《しの》が俺の胸に飛び込んできた。

その目に大きな涙が浮かんでいる彼女を、俺はただただ見守ってあげる。

次第に大粒の涙が流れ、声を殺し泣いている詩乃《しの》。

彼女を守るためのイヤホンは、彼女を人と離す結果になった。きっと、誰一人彼女に寄り添えなかったんだと思う。

「ねえ、日向《ひなた》くん」

【うん？】

「――――ありがとう」

少し暗い路地裏でも、満面の笑みを浮かべた彼女は美しく輝いた。

「ねえねえ！　普通の喋《しゃべ》りとそれって同化させられない？」

「ああ、できると思うぞ？」

「わあ！　本当に喋《しゃべ》っているみたい！」

「こっちの方がいいのか？」

「うん！　絶対そっちがいい！　それでお願いします！」

可愛《かわい》らしく両手を合わせてお願いしてくる詩乃《しの》。

「分かった」

「さあ！　行くわよ！」

さっきまで大泣きしていたとは思えないくらいの明るさだ。

ここに来た時と同じく、俺の右腕にしがみついた彼女は、またぐいぐい引っ張っていく。

すぐに元気になるのはいいことだ。

彼女が望む形とは少し違ったかもしれないけど、今はこれでいいのかな？

「ねえねえ！　あそこがいい！」

詩乃《しの》が指さした場所は、有名なカフェだった。

中に入ると、珈琲《コーヒー》の香りがふんわりと漂ってくる。

「いらっしゃいませ！」

可愛《かわい》らしい店員さんがお出迎えしてくれるが、詩乃《しの》にその声は届かない。

そこで念話を使い【いらっしゃいませ！】とモノマネしながら送ってあげると、驚いた顔で俺を見て、クスクスと笑い始めた。

「いらっしゃいました！」

「うふふ。元気で可愛《かわい》い彼女さんですね～」

「ありがとう！」

「ご注文をどうぞ」

じっとメニューと睨《にら》めっこして、何か呪文のような言葉を詠唱した。

すると店員さんが普通の珈琲《コーヒー》ではなく、魔法で作ったようなカラフルな飲み物を出してくれた。

詩乃《しの》は飲み物を二つ持ったまま、鼻歌を歌いながら席に座る。

「じゃ～ん。これが飲んでみたかったの！」

「ん？　飲んでみたかった？」

「うん！」

ストローで少し飲んだ彼女は、美味《おい》しいと声に出さなくても分かるほど笑顔を見せる。

「だって、聞こえないから、いつも指差して終わりだから普通の珈琲《コーヒー》しか頼めないのよ」

「そ、そうなのか……」

「だから頼んでみたかったんだ～」

「それはよかった」

「君も飲んでみてよ～」

目の前のカラフルな飲み物をすすめてくる。

ゆっくりと飲んでみると、普通の珈琲《コーヒー》とは全く違う甘味が口に広がっていく。だがしつこくなく、甘さの中に珈琲《コーヒー》のコクと旨《うま》さがしっかり感じられる。

あの魔法の呪文を詠唱しただけのことはある。

「どうよ～美味《おい》しいでしょう～！」

「ふふっ。詩乃《しの》だって初めてだろう？」

「そりゃそうだけど～」

と言いながら、自慢げにする姿から、妹の姿を思い出すあたり、やっぱり妹と似てるな。

「日向《ひなた》くん？」

「うん？」

「私と妹さんを被《かぶ》らせないで？」

「なっ⁉」

どうしてバレたと思ったら、詩乃《しの》は「ほらね」といたずらっぽく笑った。

俺が困っていると、席から立ち上がり、俺の腕を引っ張り始めた。

「さあ、時間は有限よ！　次行くわよ～！」

やはりこれもあのわがままで可愛《かわい》らしい妹と似てるな。

それから大通りをどんどん進み、ゲームセンターで遊んだり、服屋に入っては色んな服を見て回ったり、ただの雑貨店ですら、彼女と一緒なら楽しいと思えた。

昼頃に来たはずなのに、すっかり日が落ちて空も暗くなっていた。

「そろそろ帰らなくても大丈夫？」

しかし、返事がない。

「詩乃《しの》〜？」

すると頬を膨らませた詩乃《しの》が俺を見上げる。

「帰りたくない」

「いや、それは駄目だろ。ちゃんと帰らないと両親が心配するぞ？」

「…………それは問題ないよ。どうせいないし」

大きく溜息《ためいき》を吐《つ》いた詩乃《しの》は、少し残念そうに大通りからどこかに向かい始めた。

新規獲得スキル

フェイト

Fate

アクティブスキル

- 周囲探索
- スキルリスト
- 魔物解体
- 異空間収納
- 絶氷融解
- 絶隠密
- 絶氷封印
- 魔物分析・弱
- 手加減
- 念話

Active skill

パッシブスキル

- 異物耐性
- 状態異常無効
- ダンジョン情報
- 体力回復・大
- 空腹耐性
- 暗視
- 速度上昇・超絶
- 持久力上昇
- トラップ発見
- トラップ無効
- 武術
- 緊急回避
- 威圧耐性
- 恐怖耐性
- 冷気耐性
- 凍結耐性
- 隠密探知
- 読心術耐性
- 排泄物分解
- 防御力上昇

Passive skill

レベル0の無能探索者と蔑まれても実は世界最強です
～探索ランキング1位は謎の人～

第7.5話　魔石Δ

広々とした部屋には豪華なソファがいくつか並び、それぞれに軍服の人達が座って睨《にら》み合《あ》っている。

一番奥の初老の男性と隣に座る初老の男性が話し始めた。

「まだ魔石Δ《デルタ》の売主は見つけられないのか？」

「既に数日買取センターに立たせておる。だが、全く接触がないようだな」

「………よりによって、こんな時にこんな物が見つかるとはな」

目の前には五センチほどの紫色に輝く魔石が置かれていた。

「おいおい、そんな貴重なモノを外に出しておくな」

「ふん。日本でここより安全な場所はない」

「まぁ、それもそうだな」

「日本ランキング最上位が二人もいることだしな」

一番遠くのソファに座っている二人の目が光る。

一人は逞《たくま》しい体を持ち、鋭い眼光の深緑色の髪を持つ若い男性の軍人。もう一人は、赤い髪に顔に大きな傷が目立つ若い女性の軍人だ。

「それで？　その無限魔石はどうするつもりだ？」

「今のところ、神威《かむい》家と神楽《かぐら》家から買い取りたいと申し出があった」

「またその両家か。誰だ？　情報を流したのは」

その質問に、奥の二人が手を上げた。

「だよな。やっぱりお前らだよな。はぁ………軍の機密を家族にバラす馬鹿がいるか！　馬鹿野郎おおお!!」

テーブルを激しく叩《たた》いた年配の軍人が二人を睨《にら》みつける。

だが、二人は全く動じない。

「元帥。失礼ですが、我が神威《かむい》家からの援助をお忘れで？　こんな大事な機密は早々に渡してください」

「おいおい、朱莉《あかり》。それはこちらも同じだぞ？　うちの神楽《かぐら》家だって負けてねぇぜ」

「ふん。斗真《とうま》のところよりうちの方が援助しているぞ？」

「それはただ歴史が長いだけだ。うちだって機密の一つや二つ知る権利はある」

いがみ合う姿を見た元帥が大きな溜息《ためいき》を吐《つ》いた。

「元帥。その魔石をどうしてもうちの神威《かむい》家に譲ってもらいたい」

「いやいや、うちの神楽家《かぐら》にもどうしても欲しい」

「一つしかないんだ。うちの方が大事だぞ。お前の所で使い道なんてないだろ」

「はあ!?　うちの妹のために使う方がいいに決まっているだろうが！」

「…………お前んところは、耳さえ塞げば何とかなるんだろう？」

「それが大変だってんだ！」

「…………うちの妹は隔離しないと生活もできない。だからせめて屋敷《やしき》を自由に動ける範囲にしてあげたいんだ。あの魔石があればできるかもしれない。だから我が家が全力で買い取る。いくらかかっても構わない」

「……本気か。朱莉《あかり》」

「当たり前だ。うちの妹が少しでも楽に生きられるなら、私の命くらい安いもんだ」

「はっ！　日本ランキング二位が聞いて呆《あき》れるぜー！　だが、妹を想《おも》う気持ちは本物だ。それでも俺だってこの機会をみすみす捨てるわけにはいかない。あんな魔石が手に入るのは何年後か分からないからな」

「じゃあ、勝負するか？」

赤髪の女の言葉に場が一瞬凍り付く。それに間髪入れず、元帥の怒声が飛んだ。

「お前ら！　待て！　勝負は許さんぞ！」

「「元帥！」」

「お前らが戦えば、必ずどちらかは再起不能になる。それだけは許さん。もしお前らが勝手に勝負したら、この魔石は海の中に沈めるぞ！」

「「くっ…………」」

「もう少しだけ待て。売主がいるってことは、もう一つ手に入る可能性があるかもしれないってことだ。両家に売れるようにするから待っていろ」

「「…………」」

二人は睨《にら》み合《あ》った。

第8話　覚悟

詩乃《しの》が向かったのは、まさかの本人の家だった。

神威《かむい》さんの家も凄《すさ》まじかったんだが、詩乃《しの》の家も中々に大きい。

表札には『神楽《かぐら》』と書かれている。

「詩乃《しの》は神楽《かぐら》さんっていうのか」

「そうだよ。神楽詩乃《かぐらしの》。私の本名だよ」

「どうして最初から苗字《みょうじ》を教えてくれなかったんだ？」

「ん〜日向《ひなた》くんって神楽《かぐら》家って聞いたことない？」

聞いたことがないので、首を横に振った。

「一応ね。うちって名家と呼ばれているの。簡単に言うと昔から続く武家ね。だから変な気を使わせたりするからあまり言いたくなかったんだ。そういえば、君と同じクラスの神威《かむい》さんの家も武家で財閥しょう？」

神威《かむい》さんの家も立派だもんな。

「なるほどな。俺の知識不足で悪かった」

「ううん。むしろ、私はあまり家のことを持ち出したくないから。だからこれからも普通に接してね？」

「それでいいなら……」

「ふふっ。これ以上外にいたら君に怒られそうだから、私はもう入るね？」

「そうだな。今日はおかげで楽しかった」

「私こそ！　えっと……日向《ひなた》くん？　また私と遊んでくれる？」

「もちろんだ。それに――――パーティーメンバーだろ？」

「⁉　うん！」

目を大きくした詩乃《しの》は嬉《うれ》しそうな笑みを浮かべたまま家に入って行った。

すっかり空が暗くなったが、ある目的のため、寮ではなく別の場所を目指した。


やってきたのは、Ｅ117の買取センター。

詩乃《しの》の家からだとＥ90の買取センターよりこちらが近かった。

昨日今日で手に入れた素材を売り払おうとやってきたのはいいが、何やら物々しい雰囲気を感じる。

外も中も軍人が多数立っていた。

そこで気になったのは、軍人が掲げているプラカードだ。

買取センターの前を通りながらプラカードを流し見すると、紫色の魔石が描かれている。

そう。俺が先週売り払った特殊魔石だ。

『こちらの魔石を持っている方は大至急ご連絡下さい』と書かれていて、跳ね上がる心臓を押さえた。

今すぐに逃げ出そうとした時に軍人達の視線が俺に集まっているのが分かった。

おそらくこれも武術スキルのおかげだと思われる。

ここで逃げたら怪しまれるかもしれないと考え、そのまま買取センターの中に入った。

《困難により、スキル『ポーカーフェイス』を獲得しました。》

新しいスキルを獲得してすぐに自分の顔と感情の乖離《かいり》を感じる。

買取センターの中は夜だというのに、買取機を待つ人が意外にも多くて少し並ぶ。

それにしても俺以外で一人――――つまり、ソロ探索者は見受けられない。

みんなパーティーを組んでいるようで、二人パーティーから四人パーティーまで様々で、中には恋人同士と思われる探索者もいるし、年齢も俺と同じくらいの高校生から年長者までと様々だ。

買取機が埋まっているのもあって、整理券を発券してから待合椅子に座った。

再び俺に集まっている視線を感じる。軍人達が俺に注目しているのだ。

他のパーティーでもなく、どうして俺に注目を？　と思いながら自分なりに憶測を立てる。

ここにいる探索者達と俺の違い。それは――――持ち物だ。

みんな武器やらリュックを背負っているが、俺は手ぶらのまま来ている。そもそも素材を売ろうとしているのに手ぶらで来ているのは可笑《おか》しい。

そこで、一芝居する。

ポケットにゆっくり手を入れて、昨日トロルから手に入れた小魔石を取り出しながら周りをチラ見する。

すると俺に集まっていた視線が一気に消えていった。

どこからか手に入れた小魔石を売りに来たただの高校生に見えたはずだ。

待ち時間が終わったようで、俺の番になり買取機の前に立つと前回同様天井から壁が降りた。

早速、売りたい物の値段確認のためスキャンさせる。

『コルの核：300円』『トロルの皮：1，000円』『トロルの骨：1，500円』『クナの皮：500円』『クナの大牙：1，200円』『クナの肉：1，500円』『ギゲの爪：5，000円』『ギゲの牙：3，000円』『ギゲの皮：4，000円』

それぞれの素材の値段だ。

コルやトロルの値段から比べてクナやギゲの方が高いことに驚く。

兎《うさぎ》魔物と子豚魔物の素材は売れなかったので、素材はそう高く売れないのかもしれない。

次は一番の目玉素材のクナやトロルで手に入れた二種類の小さな魔石をスキャンだ。

『極小魔石：1，000円』『小魔石：3，000円』

なっ⁉　どうして紫魔石よりもずっと安いんだ⁉

魔物からドロップする率を考えれば、兎《うさぎ》魔物と子豚魔物を倒した時に必ず落ちる紫魔石の方がずっと安いはずだ。

極小魔石も小魔石も、紫魔石よりもずっとドロップ率が低いのに、どうして……？

まさか…………。

全ての素材を一度戻して、紫色の特殊魔石をスキャンに掛けた。


『魔石Δ《デルタ》：150，000，000円』


待て待て待て待て！

俺は必死に自分の口を両手で塞ぎ、声を抑え込んだ。

あまりにも驚きすぎて叫んでしまいそうだったが、冷静に今を分析する。

まず、特殊魔石から名前が変わった。

それはいい。問題は値段だ。

0が多すぎていくらなのかさっぱり分からん。いや、分かるけど。

急いで特殊魔石——魔石Δ《デルタ》を異空間に収納させた。

ひとまず、無我夢中で昨日と今日倒した全ての素材を買取機に入れて売る。

詩乃《しの》が全て譲ってくれたおかげで、かなりの量が集まったので、前回三十万円を手に入れて、今日の詩乃《しの》と買い物で少し使って、今回手に入れた素材を全部売って残った総額は、921，500円となった。

これでも相当な大金のはずなのに、紫魔石——魔石Δ《デルタ》の値段があまりにも高くなったことに驚いて、現在の総額に驚く暇もない。

何とか買取を終わらせて、何もなかったかのように寮に戻った。


自分の部屋に戻り、シャワーを軽く浴びてベッドに倒れ込む。

一体何が起きている？

まず紫魔石の値段がとんでもない額になっている。

買取センターでプラカードを掲げていた軍人は、間違いなく『魔石Δ《デルタ》』を求めていた。

となるとあの魔石に何か問題があったのかもしれない。

さらに昨日と今日の収入だけで軽く五十万円を超えている。

もしポーションを手に入れたのなら分かるが、そうではない。単純に素材だけであれだけの大金になった。

確かにダンジョン入門書には探索者になれば大金を手にできるとは書かれていたけど、ここまで簡単に大金を手に入れられるとは思いもしなかった。

詩乃《しの》が全て俺に渡してくれたが、それを引いても学生の俺には十分すぎる額で、学生じゃなかったとしても大きな額なのに変わりはない。

色々考えたいこともあるが、腹は正直で空腹を訴えてくる。

空腹耐性があるけど、発動するのは緊急時のみで、普段ゆっくりしている時は発動しない。

色々悩みながらも部屋を出て食堂に向かった。

時間は遅いが夕飯を食べに食堂に入ると、丁度藤井《ふじい》くんが出るところだった。

「日向《ひなた》くん。今から飯？」

「あ、ああ」

「あ！　デザート食べるの忘れた！」

出てきたところを反転して俺と一緒に食堂に逆戻りする。

見た目は細身なのだが、とんでもない大食いで、極力外食はしたくないと言っていた。

寮食ならタダというか、寮費に定額として入っているからな。

「今日はどこに行ってきたの？」

「E90に行ってきたよ」

「ひえ〜また凄《すご》いところに行ってきたね」

「ん？　凄《すご》いところ？」

「あそこって森のところでしょう？」

肯定のために頷《うなず》く。

「視界は悪いし、魔物はすばしっこいし、ボス部屋は探しにくいしで、ものすごく不人気なんだよ？　でも魔物の素材は凄《すご》く高く売れるみたいだね」

「クナという魔物だろう？　皮も肉もやっぱり高いんだな？」

「そうそう。そこらへんのDランクダンジョンよりもよっぽど稼げるよ」

「そうなのか⁉」

それは初耳だ。むしろ、Dランクならもっと高値で買ってくれると思っていたのだが……。

「E90は魔物を探すのは難しいし、素材も使い道が多いからね〜需要と供給から値段が高いんだよ。ボスに関しては宝くじみたいなものだけど、もし倒せたら超高価でもあるポーションが落ちたりするらしいよ？」

……………あのボス部屋ってそんなに見つけにくいんだ？

俺達が見つけられたのは運がよかっただけか。

「それは凄《すご》いな」

「Dランクダンジョンは人が多いからね。素材も持って帰る人が多くて供給が上回ってるんだ。僕が拾ってきた素材だと一つで50円くらいしかしないモノがざらなんだよ」

「50円⁉」

それってコルの核よりも安くないか⁉

「それくらいDランクダンジョンは人が多いからね。金策ならあまりおすすめはしないけど、Eランクダンジョンだとレベルが上がらないし………」

普通の人ならレベル効率を考えてEランクではなく、Dランクのダンジョンに行くのか。

俺はレベルが0だからどの道上がらないので、このままE90でもいいかもしれないな。

まあ、詩乃《しの》次第な部分もあるかな。

できることなら暫《しばら》くはポーションを狙ってE90に通おうと思う。


次の日。

また平日が始まり、入学してから三週目に突入する。

慣れた足取りで校舎の玄関口に向かうと、丁度神威《かむい》さんが入るところだった。

一瞬詩乃《しの》のことを思い出して、神威《かむい》さんも名前で呼んでほしいという言葉を思い出した。

しかし、詩乃《しの》は妹に似てるからまだいいが、神威《かむい》さんを名前で呼ぶのは未《いま》だ難しい。

「神威《かむい》さん」

「⁉　日向《ひなた》くん？」

振り向いた彼女は早速冷気を放ち始めた。

いや、俺の前なら問題ないが、心配である。

「おはよう」

「おはよう！」

さすがに周りの生徒達が見つめてくるが、それも最近では慣れてきてるというか、昨日も詩《し》乃《の》と一緒の時に凄《すご》く見られていたし、神威《かむい》さんと一緒にいるのにも慣れないとな。

「あれ？　もっと強くなってる……？」

「ん？　強くはなってないぞ？」

「ん～」

レベルが上がらない俺はこれ以上強くはならない。

神威《かむい》さんと並んで教室に向かう。

一緒に教室に入ると、クラスメイト達から凄《すさ》まじく威圧的な視線で睨《にら》まれるが、その中でもひときわ強い殺気が込められている視線があった。

同じクラスであり、同じ地元の凱《がい》くん。

でも不思議なのは、ギゲと比べると可愛《かわい》いとさえ思える殺気に、微笑《ほほえ》んでしまいそうになった。それくらい俺もダンジョンでの戦いに慣れたのかもしれない。

もしくは威圧耐性スキルが効いているのかもな。

授業が全て終わると、凱《がい》くんが凄《すさ》まじい形相で俺の胸ぐらを摑《つか》み、教室から引っ張り出した。

先週は神威《かむい》さんがいたので接触してこなかったのだが、今日は生徒会の仕事があるから教室で待っていてくれと言われている。

凱《がい》くんに無理矢理連れてこられたのは、またもや屋上だった。

「おい、日向《ひなた》」

「うん?」

「てめぇ、最近氷姫《こおりひめ》と仲いいじゃねぇか」

氷姫《こおりひめ》か………神威《かむい》さんをそう呼ぶ人は多い。

油断すると冷気を放つ彼女は、極力人前で感情を見せない。それがいつしか冷たいイメージを抱かせて、そう呼ばれているのだ。

でも俺は彼女の笑顔や豊かな感情を知っている。

彼女を氷姫《こおりひめ》と呼ばれて、心底腹立ちを覚えた。

「それがどうかしたのか?」

「はあ!? 日向《ひなた》の分際で――――」

《怒りにより、スキル『威嚇』を獲得しました。》

「ひっ⁉」

「なぁ。凱《がい》くん。神威《かむい》さんは氷姫《こおりひめ》なんかじゃないぞ？」

「な、何だと！」

「彼女には事情があって、ああいう風に見せているけど、あれは彼女の本心じゃないんだ」

自分でも驚くくらいに、心の中から怒りが溢《あふ》れる。

彼女が普段どれだけ頑張っているかも知らずに、ただ見た目で氷姫《こおりひめ》なんてくだらない呼び名で呼びやがって………。

「てめぇみたいな雑魚《ざこ》が、英雄を気取ってんじゃねぇ！」

凱《がい》くんが俺に向けて拳を叩《たた》きつける。

しかし――――あくびが出るほどに遅い。

レベルも上がり強くなっているはずのCランク潜在能力もある彼の攻撃が、ここまで遅く感じるのは不思議に思える。

ゆっくりと躱《かわ》す。

「はあ⁉」

通り過ぎる彼の間抜けな顔が俺の視界に入った。

このまま――彼の首筋を叩《たた》けば、二度と神威《かむい》さんを氷姫《こおりひめ》なんて呼べなくできるか？

「日向《ひなた》くん！！！！」

っ⁉　後ろから聞こえた声に反応して、叩《たた》き込もうとした手を止める。

声のする方に視線を向けると、今にも泣きそうな表情の詩乃《しの》が立っていた。

「日向《ひなた》くん？　ダメ……お願い！　――彼を殺さ、な、い、で！」

「⁉」

「はあ⁉　俺を殺す？　どこのど――今度は虫姫かよ」

虫姫《むしひめ》？

詩乃《しの》を見て言った虫姫《むしひめ》という言葉に、神威《かむい》さんが氷姫《こおりひめ》と呼ばれたのと同じ怒りを覚える。

「くそったれが！　てめぇみたいな雑魚《ざこ》が目立ってんじゃねぇ！」

またもや殴り掛かってくる。

詩乃《しの》は涙ぐんだ目で、俺に向かって首を横に振った。

殺さないでという言葉の意味。

もしかしたら………。

俺に向けられた拳を避けながら、その腕を軽く叩《たた》いた。

「痛ってぇぇぇぇぇぇぇぇぇぇ‼」

大袈裟《おおげさ》だと思えるくらいに大きな声を上げた凱《がい》くんが、地面をのたうち回る。

走ってきた詩乃《しの》は心配そうに俺の腕を摑《つか》んだ。

「くそがあああああ!!　痛てぇえええええ!!」

あれほど弱く叩《たた》いたはずなのに、大袈裟《おおげさ》な……？

いつの間にか近づいてきた詩乃《しの》が俺の腕を引っ張る。

「ねえ、行こう？」

「あ、ああ……」

腕を引っ張られて屋上を後にする。

振り返ると叩《たた》かれた腕を摑《つか》み、痛みで涙しながら俺をひたすら睨《にら》みつける凱《がい》くんが見えた。

急ぎ足で屋上から階段を下りて一階に着いて詩乃《しの》を呼び止める。

「し、詩乃《しの》？」

強く摑《つか》んでいた俺の腕から離れて、真っすぐ見上げてくる。

「日向《ひなた》くん………さっき、あの人を………殺そうとしたでしょう」

「えっ⁉」

彼女の真っすぐな瞳が俺の瞳を覗《のぞ》いてくる。

その瞳は嘘《うそ》や曇り一つない。本心からの言葉だ。

「私はまだ知り合って日が浅いけど、日向《ひなた》くんがそういう性格じゃないと知っているから。あのまま彼の後ろ首を叩《たた》いたら…………彼、間違いなく死んでたよ？」

詩乃《しの》の言葉に、俺はハンマーで頭を叩《たた》かれたかのような衝撃を受けた。

確かに凱《がい》くんの無防備な首の後ろを叩《たた》けそうだなとは思った。

一瞬だけど、叩《たた》いてもいいかな、なんて思ってた。それで神威《かむい》さんへの侮辱を晴らせるならと。でも俺は決して――――彼を殺したいと思ったからではない。

その時、廊下の遠くから聞きなれた声が響いた。

「日向《ひなた》くん!?」

向けた視線の先には、強張《こわば》った表情で俺達を見つめる神威《かむい》さんがいた。


右手側は詩乃《しの》、左手側は神威《かむい》さん。

二人に連れられて、個室訓練場にやってきた。

「初めまして。神楽詩乃《かぐらしの》と言います」

「神威《かむい》ひなたです」

二人が握手を交わす。

何故《なぜ》かとんでもない勢いの神威《かむい》さんの冷気を急いで打ち消す。

「それが貴女《あなた》の力なのね」

二人の間に、ものすごい火花が散っているのだが…………。

　そ、その……二人とも…………俺は人を殺す手前だったのだが…………こう何というか……驚くに驚けないというか…………。

「日向《ひなた》くん！」」

　二人が同時に俺を見つめる。

　一瞬落ち込んでいた自分がバカバカしいとさえ思えた。

「二人とも。一旦落ち着いたら？」

　俺がその場に座り込むと、二人も俺の前に座った。

「私には神楽《かぐら》さんが日向《ひなた》くんをイジメているように見えました」

「えっ⁉　私が⁉」

「はい」

「そんなわけないでしょう！　私が日向《ひなた》くんをイジメるなんて。寧《むし》ろ、心配していたのよ」

「心配？」

　詩乃《しの》の言う通りというか。

「神威《かむい》さん。詩乃の言うのは本当だよ」

「⁉」

　ん？　ここまで大きく驚く神威《かむい》さんは初めて見た。

　まぁ、知り合ってそう長くないのもあるが、随分とオーバーリアクションだ。

「どうやら俺が凱《がい》くんを殺そうとしていたらしい」

「えっ⁉　それは本当⁉」

「ええ。本当よ」

頷《うなず》く詩乃《しの》を見て、神威《かむい》さんの表情が一気に心配する顔に変わる。

それから教室から屋上までの出来事を彼女達に話した。

「日向《ひなた》くん。ちょっと聞きたいんだけど、日向《ひなた》くんは自身を弱いと思ってる？」

「ん？　それはもちろん。一番弱いと思っているぞ？」

何せ、俺はレベル０だからな。

しかし、それに対して詩乃《しの》が大きく溜息《ためいき》を吐《つ》いた。

「トロル」

「トロル？」

「私と出会った時のことを思い出してみて」

何故《なぜ》か神威《かむい》さんがビクッとなる。

「ふむ。思い出してみたよ」

「あのトロルに外傷は全くなかった。ただ一か所以外には」

が、外傷か……。

「トロルの首の後ろに打撃の痕が一か所だけあった。つまり、日向《ひなた》くんはあれを一撃で倒したことになるけど、違う？」

「えっ？　ま、まぁ………あれは弱点部位だから、きっとクリティカルヒット――――」

「そうね。探索者の中にも弱点部位を見極めて、そこを狙い撃つ人もたくさんいるわ。でもあの時の君は一人だった。私と一緒に戦ってる時もそうだったよね」

「そ、そうだな」

神威《かむい》さんが俺と詩乃《しの》を交互に見つめる。

「動き回るトロルの弱点部位を正確に攻撃するなんて、普通の人はできないよ？　私でも、ここにいる神威《かむい》さんもできないよ？」

「………………」

「そ、そうなのか？」

「うん。私もそれはできないけど、一撃で倒せないことはないと思う」

「そうね。その冷気ならね」

その問いに頷《うなず》いて返す神威《かむい》さん。

神威《かむい》さんの冷気って恐ろしいからな……。

「でも日向《ひなた》くんには神威《かむい》さんのような攻撃に秀《ひい》でた力はないから――――あの力を使えば、不意打ちも可能かもしれないけど、それでも狙った獲物を一撃で仕留めるのは中々難しいのよ」

それにしてもさっきから神威《かむい》さんはソワソワして落ち着きがない。

「ねえ、神威《かむい》さん」

「はい？」

「ふふっ。私は日向《ひなた》くんの特別な力を知っているのよ？」

「!?」

「そうだったのか!?」

まさか……俺に特別な力があったのか!?

「あれ？　何で日向《ひなた》くんが驚くのよ」

「いや、俺に特別な力があるとは思わなくて」

「へ？　だって使えるじゃん。あの消えるやつ」

「あ〜あれか！」

特別な力って絶隠密《おんみつ》のことを指していたのか！

と、ものすごく悔しそうに俺を見つめる神威《かむい》さんがちょっと可愛《かわい》らしい。

「い、いや、大した力じゃないよ。ただ消えることができるだけなんだ。ほらな」

神威《かむい》さんの前で絶隠密《おんみつ》を見せる。

「!?　ひ、日向《ひなた》くんが消えた!?」

「凄《すご》いわよね……目の前で消えるなんて」

「俺はここにいるぞ？　やっぱり見えないのか？」

「うんうん。全く見えない」

「ええ。全然見えないし、気配もしないし、音もしないわね」

詩乃《しの》の力を考えれば、音が聞こえても不思議ではないのにな。

絶隠密《おんみつ》状態を解除する。

「そういえば、詩乃《しの》はどうして屋上に？」

「うん？　日向《ひなた》くんの心臓の音が屋上から聞こえていたから」

……？

「心臓の音？」

「うん。人ってさ、心臓の音がそれぞれ違うんだよ。知ってた？」

「いや、全くの初耳だ」

「ふふっ。日向《ひなた》くんの心臓の音はどちらかというと、可愛《かわい》い方かな？」

か、可愛《かわい》い!?

自分の心臓の音なんて聞いたことないからな。

寧《むし》ろ、人の心臓の音も聞いたことがないし、違いも分からない。

「私の力は、周囲の全ての音が聞こえるの。だから普段からイヤホンの形をしている耳栓をしてないと、耐えられないの」

「そうなんですね。私は氷神《ひょうじん》の加護という力で、常に冷気を放ちます。今は日向《ひなた》くんが消してくれているので出てないように見えてますけど、ものすごい勢いで出てます」

「ふふっ。うんうん。神威《かむい》さんから冷気が出る音がするから、そうだろうと思ってたよ」

そこまで音が聞こえるんだな。

「もしかして、イヤホンをしていても日向《ひなた》くんの声は届いている？」

「大正解！」

ポカーンとなる神威《かむい》さんがまた可愛《かわい》らしい。

「むっ。日向《ひなた》くん？」

「お、おう？」

目を細めて俺を見る詩乃《しの》もまた可愛《かわい》らしい。

「心拍数上がっているよ？」

「なっ！　ひ、人の心拍数を勝手に聞かないでくれ！」

俺の慌てる姿に二人とも声を揃《そろ》えて笑った。

「そういや、詩乃」

詩乃《しの》と呼ぶ度に神威《かむい》さんがビクッとなる。

「さっきの――――虫姫《むしひめ》のこと聞いてもいいか？」

「あ～あれね…………やっぱりそういう風に言われていたんだね」

「虫姫《むしひめ》？」

「凱《がい》くんが詩乃《しの》のことを虫姫《むしひめ》と呼んでいてな。心底腹が立ったんだ」

「え⁉　日向《ひなた》くん怒ってくれたの？　ねえねえ！」

ぐいぐい押してくる詩乃《しの》だが、もちろん今でも怒っている。

理由は分からないが、詩乃《しの》をどうして虫と呼ぶのか納得がいかず、無性にイラついた。

「そうだな。俺が知っている詩乃《しの》はいい奴《やつ》だ。神威《かむい》さんと同じく頑張り屋だし、まだ出会って日は浅いから二人のことを全部知っているわけではないけど、二人から感じるそれは本物だと思えるんだ。だからこそ、神威《かむい》さんを氷姫《こおりひめ》とか詩乃《しの》を虫姫《むしひめ》なんて呼ぶのが許せなくて」

「ふふっ。怒ってくれる日向《ひなた》くんがいるなら、今までそう呼ばれていたとしても怒れないな〜ねえ？　神威《かむい》さん」

「ええ。でも私は仕方ないと思ってるの」

「神威《かむい》さんは優しすぎなのよ。私は事情も知らないのによくもまぁ好き勝手に呼んでくれちゃってなんて思ってる。神威《かむい》さんの事情は知らなかったけど、Sランク潜在能力と聞いて何となく予想はしていたかな」

Sランク潜在能力と聞いて？　それが何か理由にでもなっているのか？

俺が不思議そうな表情をしていると、ふふっと笑った詩乃《しの》が話してくれた。

「Sランク潜在能力ってね。能力として人から逸脱した力を持つことなんだ。神威《かむい》さんの力のように、氷属性の能力の最上位かな？　力があまりにも強すぎて、自然に冷気が溢《あふ》れ出《で》ちゃうんだろうね。私の力は、今のところ耳がとてもいい。いいってもんじゃないわね。周囲の全ての音を拾ってしまうから。音だけでその人の健康状態まで分かるくらいにね」

淡々と説明してくれる詩乃《しの》だが、その実情は俺が想像もできないような苦悩があったはずだ。

それは神威《かむい》さんを見ていても分かる。

家にいても冷気を出してしまうから、ずっと感情を我慢し続ける必要がある。

詩乃《しの》も家では何かしらの規制があるはずだ。

「だからね。私はずっとイヤホンを手放せなくて、学校には断ってるけど授業中もイヤホンを付けているの。だから周りの声が一切聞こえないし、先生もそのつもりで対応してくれる。でもそれは普通の人から見れば異常な光景なの。だから私のことを……人を無視する人間として、無視姫と呼ばれるようになって、それが段々と広まって虫姫《むしひめ》になったみたいだね」

「うん。私もいつも無表情だから氷姫《こおりひめ》って呼ばれているかな。皮肉にも、私は冷気を使うからあながち氷は間違いないのだけれど……」

二人は寂しい笑みを浮かべた。

この二人だからこそお互いを理解できる。そういう笑みだ。

「あ、あのな！」

何か言わなければいけないと思って、慌てて声を出すと二人が俺に注目する。

二人の美しい瞳が俺を見つめる。

「……………俺にはSランク潜在能力はないけど…………その逆ならあるんだ」

「『逆？』」

「……俺は生まれながらにレベルが――――0、0なんだ」

二人は不思議そうに首を傾《かし》げる。

「生まれながら探索者になれないと言われて、田舎だからそういう噂《うわさ》はすぐに広まった。俺や家族が秘密にしたくてもな。気付けば周りから『永遠のレベル0』と呼ばれるようになったんだ。自分と他者で何が違うのか分からなかったけど、俺には未来がないと烙印《らくいん》を押されて貶《けな》され続けたよ。だからそれを見返そうとずっと身体《からだ》を鍛えながら勉強を続けてこの学校に入った。でも同じ中学の人がいて、また周りから距離を取られていた。何も変わらなかったんだ」

どうしてだろう。

悔しいから？　悲しいから？

人に対する怒りよりも、どうして俺だけという怒りが溢《あふ》れる。

その時、俺の両手に触れる温かい感触があった。

「ねえ、日向《ひなた》くん。もし君がそうだったとしても、私は嬉《うれ》しい」

「日向《ひなた》くんがこの学校に入ってきてくれたおかげで…………私はこうして人に触れることができて、お母さんに笑顔を向けることもできたの。私は日向《ひなた》くんがいてくれて本当に嬉《うれ》しい」

「っ⁉」

誰かに自分を認めてほしかった。俺がここにいる意味を。妹や母さんだけではなく、本当の意味で、誰かに。

気付けば、俺の両頬に涙が流れ、二人もまた大きな涙の粒を流していた。

「私に人に触れる温かさを教えてくれてありがとう。日向《ひなた》くん」

「私に声を届けてくれてありがとう。日向《ひなた》くん」

俺なんかよりもずっと大変だったはずだ。

なのに俺に感謝するなんて、こんな………レベル0の俺なんかに。

「こちらこそ、二人とも。俺なんかに優しくしてくれてありがとう」

心の底からそう思ってる。

二人には感謝してもしきれない。

「むぅ。日向《ひなた》くん。それ禁止」

「ん？」

涙を拭いて、急に怒り顔になる詩乃《しの》。

「俺なんかはもう禁止！　私は日向《ひなた》くんだからいいのよ。分かった？」

「お、おう………」

「わ、私も！　それと私も日向《ひなた》くんに不満があります！」

「えっ!?　か、神威《かむい》さんも？」

「それ！　神威《かむい》さんは嫌！　詩乃《しの》ちゃんは名前で呼んでるのに、どうして私は名前で呼んでくれないの？」

　ぐいっと顔を近づけてくる神威《かむい》さん。

「うっ！　そ、それは………」

「あ～心拍数が～」

「詩乃《しの》！　俺の心拍数を勝手に聞くな！」

「だって～聞こえるんだもん～仕方ないじゃない。ねえ～ひなちゃん」

「うんうん」

「ふふっ。二人は名前が同じだからね。ひなたちゃんの名前が呼びにくいなら――ひなでいいんじゃない？」

　詩乃《しの》からの突然の提案に驚いてしまった。

「ひ、ひな!?」

「ひなちゃんもそれでいいでしょう？」

「うん！　それがいい！」

　二人がどんどん近づいてきて、二人の身体《からだ》が俺の腕に触れそうになった。

「わ、わ、分かった！　――ひな。これからもよろしく」

「うん！」

神威《かむい》さん――いや、ひなの満面の笑みを前に俺の心は溶かされてしまいそうだ。

「ぷふっ。心拍数がヤバいわよ？」

ある意味、詩乃《しの》のこのツッコミのおかげで助かった気がする。

「さて、話し合いは終わったけど、君達は普段ここで何をしているの？」

詩乃《しの》が個室訓練場について聞いてきた。

「ここで氷神《ひょうじん》の加護を抑える練習をしているの」

「抑える練習？」

「日向《ひなた》くんに睨《にら》んでもらって、耐える練習」

「そ、そうなんだ………」

ひなは今週も練習を続けたいと、一週間分の個室訓練場の予約をしたと言っていた。

「じゃあ、私も一緒に受ける！」

「中々大変だよ？」

「そんなに？」

「うん。凄《すご》く怖いからね？」

こ、怖い⁉　ひなはトラウマがあるから怖いんだと思うんだけどな。

俺はただ睨《にら》むだけだしな。

「まあ、せっかくだもの。私も一緒に頑張ってみる！」

「うん。日向《ひなた》くんもそれでいいよね？」

「おう。俺は構わないぞ」

二人が訓練場の向こうに立って、深呼吸を繰り返して構える。

「いつでも！」「こいっ！」

「分かった。じゃあ、睨《にら》むぞ」

俺も一度呼吸を整えて――――思いっきり睨《にら》む！

「待って!!」

始まった瞬間に二人ともその場に崩れるように座り込みながら叫んだ。

「ど、どうした？」

「ひなちゃん!?　これを毎日!?」

「ち、違うの。何だか、ものすごく強くなりすぎだよ……先週はまだここ、、、までではなかったのに……」

急いで二人に近づいて、異空間の中に入れておいた飲み物とタオルを渡した。

昨日詩乃《しの》が大変だった時に後悔したので、昨日のうちに全部準備しておいた。

一瞬だというのに、二人とも全身から驚くほどに汗を流していた。

「日向《ひなた》くん？　その睨《にら》むって、どんな感じでするの？」

「ん～こう～がっ！　って感じ？」

「………その感覚覚えておいて」

「？」

「それ普段誰かに使わないでね？　絶対に」

「お、おう……」

「凄《すご》く大変なことになるから。私達じゃなかったらトラウマものよ」

そう言いながら詩乃《しの》は大きな溜息《ためいき》を一つ吐《つ》いた。

ただ睨《にら》んだだけなのに？

そういや、先ほど――スキル『威嚇』とやらを覚えたっけ。

睨《にら》む時に知らないうちに発動させていたけど、このスキルの効果が大きかったのかもしれない。これからは気を付けよう。

「日向《ひなた》くんってレベル0と言った割にはどうしてこんなに強いんだろう？」

「ん～こう達人の気配がするよね？　うちのおじいちゃんみたいな感じがするよ」

「おじいちゃん？　それってもしかして神威地蔵《かむいじぞう》様？」

神威地蔵《かむいじぞう》様？

「詩乃《しの》ちゃんってうちのおじいちゃんを知っているの？」

ひながうちのおじいちゃんと言うのだから、あのお爺《じい》さんのことか。

「知らないはずないよ。武家に生まれて地蔵《じぞう》様を知らない人の方が少ないと思うわよ」

そういえば、昨日別《わか》れ際《ぎわ》に神楽《かぐら》家は武家だと言っていたな。

神威《かむい》家はひなを学校から家まで送るようになった頃に、武家だと教えてもらったっけ。

「それにひなちゃんだって、うちの兄くらい知ってるでしょう？」

「神楽斗真《かぐらとうま》様？」

「そうそう。バカ兄。それにうちは昔から神威《かむい》家とは仲が悪いと聞いているし、自然と地蔵《じぞう》様のことも聞こえてきたわ」

全く知らない話で盛り上がる二人。

今日会ったばかりなのに、もうこんなに打ち解けているなんて、凄《すご》いと思う。

どちらかと言うと、詩乃《しの》のコミュニケーション能力が高いよな。

ひなも普通に喋《しゃべ》れれば、普通の女子のように楽しそうに喋《しゃべ》れるんだな。

「ごめんね。日向《ひなた》くん。全く知らない話で」

「いやいや。地蔵《じぞう》様というのは、あのお爺《じい》さんだろう？」

「うん」

「えっ⁉　もう会ってるの⁉」

「ああ。ひなの家には一度だけお邪魔させてもらったからな」

「あ！　日向《ひなた》くん。うちの家からお願いがあってね？　できれば、これから毎日うちで夕飯を一緒に食べてくれないかって」

「「!?」」

「その………お母さんがね。私と一緒に食事がしたいって………それに私も………」

申し訳なさそうにそう話すひな。

詩乃《しの》が不思議そうにひなを見て話した。

「普段から一緒に食べていないの？」

「う、うん………私って油断すると冷気を出してしまうから」

やはりか……先週ひなの家にお邪魔させてもらった時、もしかしたら一人で食べているかもなんて思ったけど、その通りだったみたいだ。

「い、いつから？」

「力が目覚めた十歳からかな。恥ずかしい話、美味《おい》しいモノを食べるとね。冷気を止められなくて……」

「もしかして、ひなちゃんってずっと無味を食べているってこと!?」

「う、うん………」

あまりにも衝撃的な話に頭が追いつかない。

味がない食事を食べる？　わざと美味《おい》しくなくして食べる？　それを五年間も？

じゃあ、先週の金曜日に美味《おい》しそうに食べたひなは………。

それを愛《いと》おしそうに見守っていた神威《かむい》家のみなさんの気持ちは………。

ふと俺の表情の変化を察知したのか、ひなが慌てて俺に言う。

「いいの！　これは私の力が原因なんだから！　だから日向《ひなた》くんが悲しむ必要はないよ？　でも……できれば、たまにでいいから、一緒に夕飯を食べてくれたら嬉《うれ》しいな」

「っ⁉　日向《ひなた》くん」

「お、お？」

詩乃《しの》が険しい表情で見つめてきた。

「これから毎日お昼も一緒に食べるわよ。みんなで」

じっと見つめた詩乃《しの》の目は何かを伝えようとしていた。

そ、そうか！

「分かった。それと夕飯も……その……お邪魔じゃなければ、毎日食べにいくよ。週末は色々相談かな？　俺もダンジョンに向かいたいからな」

「うん！　ありがとう！　詩乃《しの》ちゃんも来てくれると嬉《うれ》しい！」

「私も？　いいの？」

「もちろん！」

眩《まぶ》しい笑顔のひなに、俺も詩乃《しの》も嬉《うれ》しくなって自然と笑みが零《こぼ》れた。

その日から毎日ひなとの時間を優先させようと決心した。

新規獲得スキル

フェイト

Fate

アクティブスキル

周囲探索	手加減	
スキルリスト	念話	
魔物解体	ポーカーフェイス	
異空間収納	威嚇	
絶氷融解		
絶隠密		
絶氷封印		
魔物分析・弱		

Active skill

パッシブスキル

異物耐性	トラップ発見	凍結耐性
状態異常無効	トラップ無効	隠密探知
ダンジョン情報	武術	読心術耐性
体力回復・大	緊急回避	排泄物分解
空腹耐性	威圧耐性	防御力上昇
暗視	恐怖耐性	
速度上昇・超絶	冷気耐性	
持久力上昇		

Passive skill

レベル０の無能探索者と蔑まれても実は世界最強です
～探索ランキング１位は謎の人～

第９話　パーティー結成

「「お邪魔します」」

「いらっしゃい。あら？　貴女《あなた》は？」

「初めまして。神楽詩乃《かぐらしの》と言います」

「お母さん。友達の詩乃《しの》ちゃんで、日向《ひなた》くんのおかげで知り合えたの。一緒に夕飯食べてもいいですよね？」

「ふふふ…………」

「お母さん？」

　ひなのお母さんが小さく笑い始めた。

　そして、

「まさか神楽《かぐら》家の娘が来ようとはね！　大歓迎よ！」

　ひなの家に着くまで詩乃《しの》から神威《かむい》家と神楽《かぐら》家は犬猿の仲だと教わった。

　大昔、先祖が恋人を争ったようで、結果的に神威《かむい》家に嫁ぐことで神楽《かぐら》家は復讐《ふくしゅう》心に燃えていたとか何とか。

今は、よきライバルな感じだそうだ。

ひなの家に着いて、メイドさんに前回と同じ部屋に案内された。

「うちは洋風だから、和風の家はいいわね～」

詩乃《しの》の家がヨーロッパのお城のような外見だったのを思い出す。

もしかして、ライバル視しすぎて、家まで和風と洋風で差を付けたとか……ないよな？

「お爺《じい》さん。そんなところで何しているんです？」

急に現れたかと思ったら、天井に張り付いているお爺《じい》さん。

「地蔵《じぞう》様⁉」

「おじいちゃん⁉」

「ぬっ。小僧。強くなったな？」

「そんなことはないと思いますけど……」

ひなにも言われたけど、レベルは上がってないからな。

「神楽《かぐら》の娘が来たと聞いたから来てみれば、これはまた凄《すご》いのが来たのぉ。その耳栓は
――耳がいいんじゃな？」

お爺《じい》さんは一瞬で詩乃《しの》の力を見破った。

ここは人が少ないとはいえ、街のど真ん中でイヤホンを外すと街中の音が聞こえてしまう。

俺は彼女のために極力言葉と一緒に念話を送っている。

ひなや他の人の言葉もモノマネ念話を送ってるから、聞こえているように見えるはずだ。

「お爺《じい》さん。詩乃《しの》は耳がよすぎるので、ああしてないと周りの音を拾ってしまうんです」

「おう。知っておる。心配せんでいい」

帰るのかなと思ったら、意外にも向かいに座った。

俺の前方にお爺《じい》さん、左にひな、右に詩乃《しの》が座っている図だ。

メイドさんがやって来て、少し驚いた表情で「先代様の食事もご用意致します」と話した。

神威《かむい》家の当主は、ひなのお父さんだと言っていたから、お爺《じい》さんは先代に当たるんだな。

「ふむ………たった数日でこんなに強くなったとはな。これもあれの力かのぉ？」

「えっと、強くなった感覚はありませんけど……」

ふむふむと言いながら頷《うなず》いたお爺《じい》さんは何かを考え込む。

すぐにメイドさん達がお膳を運んできては、お爺《じい》さんとその隣、俺とひな、詩乃《しの》の前においてくれた。

次にひなのお母さんがやってきて、お爺《じい》さんの隣に座り込む。

「珍しいですわね」

「孫とご飯が食べたくなったでのぅ」

「よろしいではありませんか。たまには私達とも食べてくださいね」

「う、うむ……」

ふふっ。

お爺《じい》さんでさえも、ひなのお母さんには頭が上がらないようだ。

食事を取りながら、今までの鬱憤を晴らすかのようにひなのお母さんは会話を重ねる。

お爺《じい》さんもところどころの会話に交じり、二人がどれほどひなのことを愛しているのかが伝わってきた。

その姿に、家族のことを――――妹を思い出す。

妹には、次の長期連休に会いに行くまで連絡しないでほしいと頼んでいる。

そうしないと毎日メールやら電話やら来るはずだ。

…………妹に、家族に甘えないように。そう決めたからな。

神威《かむい》家の料理は伝統的な和食がたくさん並ぶが、味付けは意外にも現代に寄せられているものが多く、とても美味《おい》しく食べやすかった。


ご馳走《ちそう》になった帰り道、俺は詩乃《しの》を送ることにした。

すっかり日が落ちた暗い世界だが、街路灯と月の明かりが道を照らしている。

「日向《ひなた》くん。明日からどうするの？」

明日からというのは、おそらく学校のことだと思う。

探索者を優遇する誠心《せいしん》高校ならではのカリキュラムが始まるのだから。

「俺は毎日ダンジョンに向かおうかなと考えているよ」

「ふ～ん。一人で？」

「ん？　ま、まあ……一人でになるかな？」

同じ歩幅で歩いていた詩乃《しの》の足音が止まった。

振り向いたら丁度街路灯から明かりを受けて、詩乃《しの》のむくれた可愛《かわい》らしい顔が照らされる。

「す、すまん。俺また何かダメだったか？」

「むう。ダメだよ？」

そう言いながら右手の人差し指で自分自身を指した。

「私。日向《ひなた》くんとパーティーメンバー。だから毎日一緒にダンジョンに行くの」

「そうだったな。悪かった。詩乃《しの》がそれでいいのか分からなくて……」

学生である以上、ダンジョンよりも授業を優先したい生徒もたくさんいる。俺はそれを強制したいとは思わない。

「どの道、授業は形だけ受けているから、私としては君と一緒に過ごしたいな～」

一緒に過ごしたいという言葉にドキッとする。

美少女というのもあるが、そもそも女子からここまで言ってもらえるのは嬉《うれ》しいことだ。それに男女関係なく、誰かにそう言われるのが嬉《うれ》しい。

「分かった。明日から一緒にダンジョンに行こう」

「うん！　でも――――もう一人忘れてない？」

「もう一人？」

「ひなちゃん。置いていったら多分泣いちゃうよ？」

「そ、そうかな？　ひなが泣いたら大変なことになるから、明日相談してみよう」

「うんうん。そうした方がいいと思う」

すっかり機嫌を戻した詩乃《しの》と帰路につく。

神威《かむい》家から神楽《かぐら》家までゆっくり歩いて三十分。長いようで短い距離を歩き詩乃《しの》を見送った。

寮に帰ってきたのは、すっかり夜深い時間だった。

「おかえりなさい」

「清野《せいの》さん。ただいま」

「事情は神威《かむい》様より聞いております」

俺が話すよりひなのお母さんから話した方がいいと、先に伝えてくれたみたいだ。

「これから毎日神威《かむい》様のところで食事をするってことで合ってますね？」

「はい。それから神楽《かぐら》さんを見送ってくるので、毎日このくらいの時間になると思います」

「分かりました。本来なら門限がありますが、鈴木《すずき》くんは特別扱いになります。くれぐれも他の生徒に門限は破ってもいいなどと言わないでください」

「も、もちろんです！」

冷たい表情のまま話していた清野《せいの》さんが少し柔らかい表情に戻る。

「もし食事を取れなかったら、帰ってきて声をかけてください。いつでも出せますから」

「ありがとうございます」

ひなと同じく、彼女も表に表情を出さなくても心の中は温かい人だと思う。

部屋に戻り、洗濯や風呂《ふろ》をすませて眠りについた。


次の日の朝のホームルーム。

担任の青柳《あおやぎ》先生が連絡事項を話してくれる。

「以前にも軽く説明したが、本日から『探索者特別カリキュラム』が始まる」

クラス内の多くの生徒はその言葉に目を輝かせた。

俺は入学するまで知らなかったけど、このカリキュラム制度があるから入学する生徒も多いそうだ。

「本日から午前午後と通常通りの授業が続くが、午後から『探索者特別カリキュラム』を利用しても構わない。このカリキュラムは午後からダンジョンに入る生徒のみ、通常授業ではなくダンジョンに入ることで単位が取れるカリキュラムとなる」

それから一枚のプリントを渡された。

「プリントに方法が書いてある。探索者特別カリキュラムを受ける生徒は、職員室の前にある『ダンジョン届け』を持ってダンジョンに向かい、受付でハンコを貰《もら》ってくること。提出は次の日の朝で構わない。念のために言っておくが、ハンコを押しただけで、午後から遊ぶこともできるが、学校としてもそれは容認するつもりだ。校則に違反しない範囲でな」

学校は生徒……中でも探索者になる生徒に対してはかなりの好待遇だ。それに寮にしたって優遇しているのが伝わる。

「ただ一つだけ言っておく。時間というのは有限だ。この先、探索者になったとしても常に死が隣り合わせなのは、既に探索者になった者は経験しているはずだ」

初めてダンジョンに入った日のことを思い出す。確かに死にかけた。

「遊んだ分、そのツケは必ず返ってくる。探索者とは誰かに強制されてなれるものではない。だから学校としては探索者に自主的な活動を促すために特別カリキュラムを制定した。それを念頭に置いて活用してくれ。それと午後から生徒会がやっている『探索者応援カリキュラム』もあるので、それを利用したい人は訓練場に向かっても構わない」

ホームルームが終わると、すぐにクラスメイト達が騒ぎ始める。

遂《つい》に始まった探索者特別カリキュラム。探索者志望でこれを利用しない生徒はいない。

俺のクラス三組でも多くの探索者志望生徒がいるので、半数以上は午後からダンジョンに向かうかもしれないな。

ふと、前にいる銀の天使がソワソワし始めた。いつもの無表情のままだけど、後ろを向きたがっている。

【ひな。このまま聞いてくれ。これは昨日言っていた念話というスキルだ】

ひなは前を向いたまま軽く頷《うなず》いた。

【後で話したいことがある。午前中の授業が終わったら少し時間を貰《もら》えるか？】

「うん」

俺にだけ聞こえる小さな声がした。ガヤガヤした教室の中でもひなの声は鮮明に聞こえた。

それから午前中の授業が始まり、ゆっくりと時間が過ぎてお昼休みとなった。

チャイムが勢いよく鳴ると、普段よりもクラスメイト達に賑《にぎ》わいが起きる。

俺もひなも席から立ち上がり、共に教室を後にする。

教室を離れる際、片腕に包帯を巻いた凱《がい》くんが俺を睨《にら》みつけていた。

そのまま屋上に上がった。

「何やかんやでここが一番落ち着くかもしれない」

優しくも涼しい風が俺とひなの髪を撫《な》でる。

すぐに「お待たせ～」と声を上げながらやってきたのは、詩乃《しの》だ。

「日向《ひなた》くんの念話って遠くまで届くんだね？」

「ああ。どうやら校内くらいならどこにいても届けられるみたいだ」

ひなが持ってきたレジャーシートに詩乃《しの》も入ってきた。

座ってすぐに周りの青空の景色を見回す詩乃《しの》。

「やっぱり屋上っていいね～これから毎日ここを根城にしよう！」

「雨が降ってなければな」

「それもそうね。雨の時はどうしよう」

「それはその時に考えるか」

昨日の約束通り、これから毎日一緒に昼飯を食べる予定で、会場は屋上に決定した。

ひなと初めて話した場所でもあるし、意外に生徒がいないので俺達だけでのんびりできる。

早速、ひなが持ってきた弁当をレジャーシートの上に並べてくれた。

「マジックリュックか？」

「うん」

小さなリュックの中から次々弁当箱が出てくる。しかもリュックの口のサイズが小さいのに、座卓まで出てきた。

すぐに美味《おい》しそうな料理が並び、食べ始める。

これも全てひなのお母さんが作ってくださった料理で、ひなが美味《おい》しい弁当を食べられるならいくらでも作ると、俺達の分まで作ってくれた。

朝から楽しそうに張り切って弁当を作っているお母さんが微笑《ほほえ》ましかったと、ひなは嬉《うれ》しそうに話してくれた。

「ひな。食べながらでいいから聞いてほしい。実は俺と詩乃《しの》はパーティーを組んでいてな」

「!?」

ひなが大袈裟《おおげさ》に驚く。

「今日始まった特別カリキュラムで、今日からダンジョンに向かう予定なんだ」

「そ、そうなんだ……そっか……」

肩を落とすひな。ひなの隣にいた詩乃《しの》は「ほらね」みたいな顔で俺を見る。

「そこで、ひなさえよければ、俺達とパーティーを組まないか？」

「えっ!? 私なんかでいいの？」

「ああ。ひながメンバーになってくれたら、凄《すご》く心強い」

「でも……私の冷気が………」

「それなら俺が多少抑えられるし、ひなが思う存分戦ってくれても氷は全部溶かせるし」

ひなが不安そうに両手を握り、俺と詩乃《しの》を交互に見つめた。

「私……邪魔じゃない？」

すると詩乃《しの》が目を細めて笑みを浮かべ、ひなの顔に自分の顔を近づけた。

「あら～邪魔かもしれないけど～ひなちゃんはそれでいいのかな～？」

「えっ！」

「私が日向《ひなた》くんを独り占めしちゃうけど～？」

「そ、それはダメッ！」

詩乃《しの》……。

「私、頑張る！　足手まといにならないように頑張るから、パーティーに入れてください！」

慌てながらもしっかり自分の意志を示してくれた。

「ああ。大歓迎だ。よろしく」

「よろしくね～私も日向《ひなた》くんと二人っきりでダンジョンに入ったら何をされるか怖くて～」

「何もしないよ！」

慌てた俺を見てひなと詩乃《しの》が笑い声を上げた。

どこまでも広がる晴天に二人と俺の笑い声が響き渡った。


昼飯を食べ終えて、職員室から三人分のダンジョン届けを持ってE90にやってきた。

入る前にハンコは押してもらい、なくさないように異空間収納に入れておく。

紙に日付が入っているから事前に押しておくことはできなそうだ。

「可愛《かわい》い！」

クナを見つけたひなが声を上げた。

「前歯は怖いけど、フォルムは可愛《かわい》いよね。すばしっこいから気を付けてね。ひなちゃん」

「分かった！」

ひなの腰には見慣れない剣が下げられている。形から剣というよりは、刀だと思われる。ゆっくりと手を伸ばして剣の黒い柄《つか》を握りしめた。

こちらに走ってくるクナに向かって目掛けて剣を抜くと、想像していたものとは違う真っ黒な刀身がダンジョンの光を受けてキラリと光った。

小さく呼吸を整えながら刀の柄《つか》に手を当てて構える。

その姿に息が止まりそうな緊張感が走った。

「――神威《かむい》流、第一の型。『蒼閃《そうせん》』」

日本には『言霊《ことだま》』という言葉が存在する。

それは『言葉には言葉の神様が宿る』という意味だ。

人が話す言葉には時折、人離れした力を持つ場合がある。――今のひなのように。

ひなの全身に淡い青色のオーラが溢《あふ》れ、一瞬で抜かれた刀はまだ獲物に届かないはずなのに空を斬りつけた。そして、何事もなかったかのようにゆっくりと刀を鞘《さや》に戻す。と共に、こちらに向かって走ってきたクナがその場で真っ二つに分かれた。

「さすが神威《かむい》家。凄《すご》いね。潜在能力を使わなくてもこんなに強いんだね」

「えへへ……ありがとう」

戦う最中のひなは真剣そのもので、どこか冷酷ささえも覚えたのに、戦いが終わると幼さが残る笑みを浮かべる。

これが長年続いてきた武家としての血なのかもしれない。

「私も負けてられないわね！」

そう話す詩乃《しの》はトンファーを取り出し、もう一体のクナに向かって振りかぶる。

トンファーのシャフトの先が外れると、中からチェーンが現れる。シャフトの先が緑色に光って飛ばされると、シャフトの長さからは想像できない長さのチェーンが伸びて遙《はる》か先にいるクナに直撃した。

「短い棒なのに、中から鎖がそんなにも出るんだな？」

「うん。これはマジックウェポンだからね。この鎖は特殊なもので『ネビュラ』という魔物の素材で作ったものなんだ」

マジックウェポンには色んな性能があると聞いたけど、こういう性能もあるんだな。

それにシャフトの先が光るのは、属性効果があるんだと思われる。

色によって当たった魔物の傷が火傷《やけど》になったり、切り傷《きず》になったりするのが分かるから。

それにしても二人がここまで強いのに、俺は何もできないのが申し訳なく思える。

ひとまず、二人が倒してくれたクナを魔物解体して回収した。

「えっ!?」

またもやひなが大袈裟《おおげさ》に驚く。

「ん？　どうした？」

「し、詩乃《しの》ちゃん？　今のって⁉」

「ねえ。ひなちゃん。世の中には気にしたら負けなものもあるわ。日向《ひなた》くんだよ？」

「そ、そっか。日向《ひなた》くんだよね」

「うん。だから深く考えず、日向《ひなた》くんならあり得ると思おうね。私も初見の時は驚きすぎて、何も考えられなかったわよ」

　一体二人は何の話をしているんだ？　俺がどうかしたのか？

「えっと、一つだけ聞きたいんだけど、ここまで深く入っても大丈夫？」

「それも大丈夫。日向《ひなた》くんだから」

「そ、そっか。日向《ひなた》くんだよね」

　いやいや、一体俺がどうしたというのだ……？

　それから二人がクナを倒し、俺が回収するという手順でどんどん狩りを続けていった。

　俺は一体も倒してないけど、これでいいのだろうか？

　俺が魔物を倒したとしてもレベルは上がらないので、あまり意味はないか。

　普通の森なら鳥の鳴き声や動物の鳴き声の一つも聞こえるはずなのに、ダンジョンの中はそういう生き物の気配が一切ない。

　俺達が歩く度に踏まれる葉の音だけが響く。

静かな森の中を歩き、クナを見つけてはひなと詩乃《しの》が交互に倒して、俺が回収を繰り返す。

そういや、このダンジョンのボスのレアドロップも狙いたいからボス部屋を探そうか？

周囲探索を全力で使い、少しでも違和感のある部分を探し続ける。

前に進みクナを倒す二人を見送って魔物を回収してをさらに繰り返す。

その時、俺を中心に静かな泉のような波紋が広がっていく。目に見えない力の波紋。

《経験により、スキル『周囲探索』の派生スキル『フロア探索』を獲得しました。》

それは周囲探索のようなレーダーとは違い、一度広がるとどこまでも広がり続ける。

たった数秒でＥ90の一層のフロア全てに広がった。

「二人とも。向こうに向かいたいけどいいか？」

「いいよ～」

俺が指差した方向に詩乃《しの》が軽やかな足取りで進み、ひながその後ろに続く。

クナを十体ほど倒した頃、俺達の前にボス部屋の待機場へ続く洞窟が現れた。

「ボス部屋だ～！　急ごう～！」

詩乃《しの》がひなの手を引いて中に走っていく。

気付けば二人ともすっかり仲良くなって、俺が入る隙もなくなってしまった。

待機場に入り、三人で一緒にボス部屋に移動する。

ボス部屋では前回同様、巨大な黒い狼《おおかみ》ギゲがいた。

「ひなちゃん。せっかくだから力を試してみたらどう？」

「力？　加護のこと？」

頷《うなず》いた詩乃《しの》に、ひなの表情が少し強張《こわば》る。

ひなにとって氷神《ひょうじん》の加護は、長年自分を傷つけてきた力だ。それを戦いに使うってことは歩み寄るってことになる。きっと覚悟の要ることだと思う。

「せっかくだからいいんじゃないか？　ひなの氷神《ひょうじん》の加護の本当の力も見てみたいし、何があっても俺が絶対守るから」

ひなは少し目を潤ませて俺の目を真っすぐ見つめた。

銀色の髪とは対照的な黒い瞳に吸い込まれそうだ。

「分かった。日向《ひなた》くんがいるなら、できるかもしれない」

「ああ。ここで詩乃《しの》と見守っているよ」

「うん！」

覚悟を決めたのか、大きく息を吸って心を落ち着かせるようにゆっくりと息を吐いた。

振り向いた彼女の美しい銀の髪が宙を舞う。

右手が刀の柄《つか》に触れると同時に、彼女の足元から白い冷気が放たれ、彫刻のような綺麗《きれい》な氷が生え始める。

氷はやがて彼女の全身に広がる。まるで――彼女を外敵から守るかのように。

「綺麗《きれい》……」

「ああ。綺麗《きれい》だな」

詩乃《しの》が思わず声を漏らす。俺も全く同じ感想だ。

ギゲに向かってゆっくりと歩き始めたひなは、少しずつ速度を上げて走り始める。

体に氷が巻き付いていても、それはひなにとって当たり前のように、自分の体の一部かのように全身を自由自在に動かせるようだ。

ひなを視界に捉えたギゲの口に炎が溜《た》まり始める。

それを気にする素振りもなく、ひなは走ったまま刀を鞘《さや》から抜いて飛び込んだ。

ひなとギゲの間にはまだ遠い距離があるのに、ひなはそれを気にする素振りすら見せない。

そして、

「神威流《かむい》、第二の型。『一閃《いっせん》』」

左手を刀身に添えて、右手で突くように持ったまま構えていたひなは、跳んだ勢いのまま技を放つ。

右手を伸ばし突いた刀から、天災にも近い白い暴風が前方に放たれた。

地面、空気、遙《はる》か高い天井、遙《はる》か遠《とお》い壁。

その全てが真っ白に変わり、氷の世界が広がった。

ひなという境界線から前に広がる美しい白銀の世界。後ろにも冷気が広がり始めた。

「これが……Ｓランク潜在能力………」

美しさもある。でも何より――恐怖を感じる。

全てを凍《い》て付かせるひなの力に、火のブレスを吐きながら凍り付いたギゲが、より生々しく恐怖を感じさせた。

そんな世界の中心に立つひなの肩が少し上がっている。

前を向いたままのひな。その光景にひながどこか遠くへ行ってしまう気がした。

ひなの元に行かなくちゃ……そう思った瞬間、俺はひなに向かって走っていた。

どうしてそんなことを思ったのかは分からない。でも彼女の後ろ姿が――あまりにも寂しそうに見えたから。

「ひな……」

「日向《ひなた》くん。私のこと、やっぱり………軽蔑した？」

前を向いたまま呟《つぶや》かれた悲しげな声に胸が苦しくなる。

何があってもひなを守る。その言葉に偽りはない。ひなだけでなく氷神《ひょうじん》の加護が傷つける誰かも守る。

そう決意していたはずだ。

そっと、両手を伸ばしてひなを抱き寄せる。

「軽蔑なんてしていない。もしこの力がひなを傷つけたり、ひなが大切に思う誰かを傷つける時は、俺が絶対に守る。俺にその力があるから」

ひなを抱き寄せたまま、俺は右手を前に繰り出した。

どこまでも美しく広がる白い世界。それが彼女の呪縛というなら、俺の力で解いてみせる。

「——絶氷《ぜつひょう》融解」

俺の言葉と共に、俺達の前に広がっていた白銀の世界が一斉に割れて粉々に砕け散った。

冷たい冷気すら残さず、美しい白銀のダイヤモンドダストが広がる。

「本当のひなはあんな冷たい氷じゃない。こんなにも美しい白銀の世界なんだ。だからひなは迷わず、ずっと前を見てほしい。後ろには俺がいつでもいるから」

「うん……ありがとう。日向《ひなた》くん」

ひなは、抱きしめていた俺の両手に手を重ねた。

一筋の雫《しずく》が俺の手に落ちて、俺達は少しだけお互いを知ることができた。

◆

「俺が……守るから……」

詩乃《しの》が男っぽい口調で木を壁に見たて、ひなに壁ドンをする。

「詩乃《しの》ちゃん……」

「違うでしょう。そこは日向くんって言わないと」

う、うわあああああ！

俺は何てことを口走ってしまったんだ！

つい調子に乗ってしまって、ひなにとんでもないことを言ってしまった。

何かプロポーズみたいな言葉？　いや、自分でも信じられないくらいに、今思えばキモイって思われるかもしれない言葉をああも当然のように言ってしまった。

詩乃《しの》はそんな俺をからかうようにモノマネして遊び始めている。

ボス部屋から一層に戻ってクナを倒す度にあれをやっている。

どうしてかひなも少しだけ顔を赤らめて毎回期待を込めた眼差《まなざ》しを俺に向けてくる。

あれか⁉　これは新手《あらて》のイジメなのか⁉

俺が大きな溜息《ためいき》を吐《つ》くと、今度は俺の腕に抱き着いてくる。

「詩乃《しの》⁉」

「私も言われたいな〜ひなばかりズルいよ〜」

「はあ⁉」

「私は守ってくれないの？」

目を潤ませて見上げてくる詩乃《しの》。この前も似たような状況があったな？

俺は詩乃《しの》のおでこを優しく叩《たた》く。

「また目薬で誤魔化すな」

「てへっ。バレちゃった？」

そう言いながら手の中に忍び込ませた目薬を見せる。

「つ、次はあっちに行くぞ！」

誤魔化すように次のボス部屋に向かって歩き出す。

詩乃《しの》が俺の右手側に、ひなが左手側に並んで歩く。

それから何度かクナを倒しつつボス部屋でギゲを倒してを繰り返した。

「…………日向《ひなた》くん？」

「おう？」

目を細めて俺を見上げる詩乃《しの》。

「どうしてボス部屋の位置まで分かるの？」

「ん？　詩乃《しの》も分かっているんじゃないのか？」

何となくだけど、最初に入った時も詩乃《しの》が見つけたと思っていた。

フロア探索みたいなスキルを詩乃《しの》も持っているのかと思った。

「分かるわけないでしょう！　ギゲって貴重なポーションを落とす魔物なんだよ？　それをこ

んなにも簡単に探せるなんて…………はあ、日向《ひなた》くんだから悩んでも仕方ないけれど……」

「うんうん。日向《ひなた》くんだから」

ひなも頷《うなず》いてまた二人で納得してしまった。

「もしかして、二人ともフロア探索のスキルは使えないのか？」

二人とも頷《うなず》いて答えてくれた。

「私の場合、耳がいいから魔物の動く音とかを聞き分けて向かってるの。だから日向《ひなた》くんみたいに魔物を探し当てることができるんだ」

「なるほど。そういうスキルを持っていたわけではないんだね」

「うんうん。それはそうと、そのスキルって何？」

「ん？　みんなスキルを持っているんじゃないのか？」

二人は首を横に振った。

そういや、ひなのお爺《じい》さんはスキルについて何か知っている様子だったな。

あの時、お爺《じい》さんからスキルについて知りたくば――――思い出して顔が熱くなる。

「どうしてそこで顔が赤くなるの？」

「な、何でもない！　今日ひなの家に行ったら、お爺《じい》さんに聞いてみるよ」

「地蔵《じぞう》様ね。地蔵《じぞう》様なら知っていてもおかしくないかもね」

そういやひなのお爺《じい》さんって有名人だと言っていたな。

「お爺《じい》さんってどれくらい凄《すご》い人なんだ？」

「う～ん。日本で一番強い人と言えば誰？　で真っ先に名前が出るくらい？」

想像以上に凄《すご》い人だった。

いや、見たところ、ただの不思議なお爺《じい》さんって感じだったのに、人って見た目だけでは判断できないな。

ダンジョンの中は時間で明るさが変化しないため、時計を見てないと時間すら忘れてしまう。例えば、夜に入っても中は明るかったりするのだ。

そろそろ帰る時間となったのでダンジョンを後にして神威《かむい》家に向かい始めた。

帰り道で、今日獲得したフロア探索をしてみたが、あくまでダンジョンでしか使用できず、外では発動しないことが分かった。ただ、周囲探索は使えるので常に軽めに発動させておく。

神威《かむい》家に着いていつもの座敷で待っていると、今日もひなのお爺《じい》さんがやってきてくれた。

「お爺《じい》さん。以前聞いたことを教えてもらえませんか？」

「ん？　何のことじゃ？」

「えっと、スキルについてです」

「ほぉ……興味が出たんじゃな？」

「はい」

お茶をすすり、じっと目を瞑《つぶ》ったお爺《じい》さんは何も答えてくれなかった。

「大昔、スキルについて研究していた者がおってのぉ。儂《わし》が教えられるのはそこまで」

「でもこの前は教えてくれそうに……」

「そりゃのぉ。ひなたと結婚したらのぉ」

「おじいちゃん⁉」

「っ⁉」

俺とひなだけでなく、詩乃《しの》までもがお爺《じい》さんに注目した。

「何も冗談で言っているわけではない。スキルに関する情報は、国家機密じゃ。だから単純に教えられんのじゃよ。でもお主がひなたと結婚して神威《かむい》家の一員になれば、話は別じゃ」

何だ……そういう意味で結婚というのが出たのか……。

それにしてもスキルって国家機密なんだな？

結局は教えてもらえず、今日も美味《おい》しいご飯をご馳走《ちそう》になって帰宅した。

◆

あれから毎日同じことを繰り返し、遂《つい》にはギゲからポーションが一つドロップした。

ひなと詩乃《しの》に渡そうとしたけど、全力で拒否されて結果的には俺が持つこととなった。

金曜日の夜。

いつも通りに洗濯場で洗濯機を回していると、藤井《ふじい》くんがボロボロになって入ってきた。

「随分とボロボロになったね」

「あはは……うん……」

いつもの元気な姿はなく、酷《ひど》く疲れているように見える。

ボロボロの制服を洗濯機に入れて、崩れるように椅子に座り込んだ。

「難しいダンジョンに向かったのか？」

「ううん。以前話したD86のボス部屋を目指したんだ」

Dランクダンジョンは一層だけのつくりではなく、三層まであり、そこからがボス部屋だと聞いたことがある。

平日は午後からしかダンジョンに入れないので、そこから三層まで向かったのなら結構大変なはずだ。

「これでD86を制覇できると分かったから、明日からは新しいところに向かうつもりなんだ」

「新しいところ？　また違うDランクダンジョンか？」

すると、藤井《ふじい》くんは首を横に振った。

「ううん。実はこれからC3に向かう予定なんだ」

「Cランク!?　す、凄《すご》いな……！」

「僕は全然強くないけど、メンバーが強いからね。僕はあくまで後衛職だから」

後衛職なのにこれだけボロボロになるのが不思議に思える。

ダンジョン入門書によれば、探索者パーティーは大きく分けて『前衛』『中衛』『後衛』で構成されるという。

基本的に六人で組むのが定石で、それ以上になると一切の経験値が手に入らなくなって、レベルが上がらなくなるそうだ。

なので基本的にはそれぞれを二人ずつ揃《そろ》えるのがベタなやり方らしい。

前衛は剣や斧《おの》を使う人、中衛は弓や槍《やり》を使う人が担当することが多く、後衛は魔法を使う人が担当することが多いらしい。

藤井《ふじい》くんが後衛ならば、そういう能力を持っているのかもしれない。

「まあ、無理だけはしないようにな」

「ありがとう。日向《ひなた》くんもダンジョンでは気を付けてね？」

「ああ。でも俺も藤井《ふじい》くんと似た状況で、メンバー二人が強くて殆《ほとん》どやることがないんだ。せいぜい魔物の解体かな」

「えっ⁉　…………もしかしてポーターをやってるの？」

初めて聞く言葉に俺は首を傾《かし》げた。

「えっとね。ポーターっていうのは、戦闘には参加せずに荷物持ちになることを指すよ。特に魔物の解体とかもやらされるからね。結構大変でしょう？」

その時、ふとお爺《じい》さんが言っていたスキルは国家機密という言葉が頭を過《よぎ》る。

俺が使っている魔物解体も異空間収納もスキルだったことを思い出した。

「あ、ああ。もう何日もやってるから慣れてきたよ」

「そっか………あのね。日向《ひなた》くん。あまりメンバーから無茶な条件で雇われてるならやめておいた方がいいよ？　僕は君の事情は知らないけど、多くのポーターは劣悪な環境だと聞くからね……」

本気で心配してくれるのが伝わってくる。

少しだけ心が痛いが、今はスキルのことは伏せておくことにする。

「ありがとう。実はメンバーにも恵まれて、大半の収入は俺が貰《もら》ってるんだ。二人とも狩りはしても素材はいらないから、俺が勝手に取ってることにしてくれてるんだ」

「そっか。日向《ひなた》くんって優しいから誰かに騙《だま》されないか心配だったけど、ちゃんといい巡り合わせがあってよかったよ」

ああ。俺なんかにはもったいない二人だ。

洗濯機が終わりのメロディを鳴らす。

ふと、疲れ果てた藤井《ふじい》くんが気になったので、声を掛けてみる。

「藤井《ふじい》くん。もしまだ時間があるなら、この後、俺の部屋に来ないか？」

「えっ⁉　い、いいの？」

「もちろんだ」

「行くよ！　シャワー浴びたらすぐに向かうね」

「分かった」

洗濯場を後にして、部屋に戻る。

すぐに藤井《ふじい》くんのために準備を進める。

テーブルの上に取り出した瓶は俺の親指くらいのサイズの小さい瓶だ。

その中には澄んだ青色の液体が入っていて、透明な瓶とも相性がよく飾っておくだけでインテリアになるほど美しい。

これが今回手に入れたポーションだ。中身は大体10㎖と少ない。

この瓶には特殊な仕掛けが施されているらしく、蓋をあけて中身を注ぐと中身が半分だけこぼれる仕様になっているそうだ。

それを使って、ティーカップにポーションを注《そそ》ぎ込む。

これはひなのお母さんから教わったものだが、何とポーションをティーカップに注《そそ》ぎ込んで、それをさらに半分にすることで、回復とは違うリラックス効果をもたらすそうだ。

ティーカップに注《そそ》ぎ込んだポーションを別のティーカップに半分に分けてお湯を注《そそ》ぐ。

青色のポーションとお湯が混ざり合って、より淡い青色へと変わっていく。

そこに紅茶のバッグを入れれば、『紅茶～ポーションが隠し味～』の完成だ。

完成した頃に丁度ノックの音が聞こえてドアを開けると少し髪が濡《ぬ》れた藤井《ふじい》くんが手を振っていた。

「どうぞ」

「お、お邪魔します」

中に入ると、シャンプーの優しい香りが部屋に広がっていく。

「丁度淹《い》れ終わったところなんだ。どうぞ」

「あ、ありがとう」

やはり疲れているのか、ティーカップを両手で大事そうに抱えて恐る恐る口に運んだ。

「ん⁉　美味《おい》しい！」

「口に合ってよかった。うちの親が好きな紅茶で最近狩りで稼いだお金で買ってみたんだ。一人で飲むと何だか味気なくてな」

「ふふっ。だから僕を誘ってくれたんだね」

「ああ」

優しい笑みを浮かべた藤井《ふじい》くんは、紅茶を深く味わうようにゆっくり飲み続けた。

以前、藤井《ふじい》くんからは探索ランキングについて教えてもらったことがある。それに食堂で一緒に食事を取ったりと俺が入学してからの唯一の友達と呼べる存在だ。

ポーション一瓶でとんでもない額なのは分かっているけど、ひなと詩乃《しの》のおかげで俺のライセンスの中には既に百万円を超える額が入っている。

入学するまでは、母さんの生活費が苦しくならないようにと、お小遣いも殆《ほとん》ど生活用品に使っていたし、探索者になったら仕送りがしたいと思っていたけど、十分すぎる額を手に入れた。

それを少しでも俺の周りの人にも還元できたらいいなと思う。

藤井《ふじい》くんがダンジョンから無事に帰ってこられるように祈るばかりだ。

「またC3の話でも聞かせてくれ。その時はまた紅茶をご馳走《ちそう》するよ」

「うん！　そうするよ！」

ようやく、お互いに笑って話せる友人ができた気がした。

新規獲得スキル

フェイト

Fate

アクティブスキル

- 周囲探索
- スキルリスト
- 魔物解体
- 異空間収納
- 絶氷融解
- 絶隠密
- 絶氷封印
- 魔物分析・弱
- 手加減
- 念話
- ポーカーフェイス
- 威嚇
- フロア探索

Active skill

パッシブスキル

- 異物耐性
- 状態異常無効
- ダンジョン情報
- 体力回復・大
- 空腹耐性
- 暗視
- 速度上昇・超絶
- 持久力上昇
- トラップ発見
- トラップ無効
- 武術
- 緊急回避
- 威圧耐性
- 恐怖耐性
- 冷気耐性
- 凍結耐性
- 隠密探知
- 読心術耐性
- 排泄物分解
- 防御力上昇

Passive skill

第10話　愚者ノ仮面

土曜日が始まって、朝のゆっくりとした時間が流れる。

すっかり見慣れた天井に、初めて目覚めた頃の寂しさは感じない。

ぼんやりと今日の予定を頭の中で思い描く。

今日もひなと詩乃《しの》と共にダンジョンに向かう。二人と過ごす時間が俺の中でどんどん大きくなって、二人と過ごせる時間が当然のように思えたりする。

ふと、机の上に置いたスマートフォンが目に入る。

電源は常に入っていても着信の件数は0。

アプリ『コネクト』を開くと、登録されているのはたった二人だけ。

そのうち一つの『妹』と書かれている登録者のトークを開くと『お兄ちゃん！　新しい学校にはもう慣れた？　私も来年誠心《せいしん》高校に入学できるように頑張るからね～！』と既読が付いたメッセージが目に入った。

入学した日に妹が送ってくれたメッセージ。あれからもう三週間も過ぎているんだな。

そろそろ妹に返信をするべきだろうけど、多分ここで妹にしがみついたら……前に歩けない気がする。

俺は家族に心配をかけないために、わざと二人に相談もなく誠心《せいしん》高校を受験して合格した。

合格してから二人に打ち明けた時、妹は何も言わずにただただ大きな涙を流していた。

俺がもっと兄らしくいられたら心配をかけることもなかった。妹も俺が悩んでいたことくらい見抜いていたはずだ。賢い妹だからな。あの日、何も言わず、ただただ涙を流していた。

俺なんかがいなければ、妹はもっと自由に過ごせるはずで、俺とは正反対の光のように周囲の人達から愛される妹は――――。

――ピピピッ！

メッセージを見ながら考え込んでいると、アラームが鳴って時間を知らせてくれた。

そっとスマートフォンを閉じて、机の上に置いて出かける支度をして外に出た。


「「おはよう～！」」

寮を出て学校の校門を出ると、ひなと詩乃《しの》が待っていてくれた。

「二人とも⁉　どうしてここまで？」

待ち合わせ場所は神威《かむい》家のはずだった。

「朝早く目が覚めて散歩していたら丁度こんな時間になったの」

「私はひなちゃんの家より学校の方が近かったから、寄ってみたの」

すぐに笑顔を咲かせた二人は俺の両側に並ぶ。

「さあ、時間は有限よ～！　行こう～！」

やはり、うちのパーティーを引っ張り上げるのは詩乃《しの》の役目のようだ。

一度神威《かむい》家に向かい、ひなのお母さんのご厚意で弁当まで作ってもらえた。弁当を食べてもいいし、外食でもいいし、そこは自由にしていいと言われた。

ふと、妹を連れて外で遊んで来いと追い出す母さんを思い出した。

弁当はひなのマジックリュックから俺の異空間収納に移動させる。どうやらマジックリュックでは時間停止機能まではないようで、異空間収納なら鮮度を保つことができるからだ。

「今日から新しいダンジョンだね～」

「昨日ダンジョンの帰りに言っていた場所ね。確か――――」

「D46！」

ひなも楽しそうに声を上げた。

昨日E90帰りにそのままE90を回ってもいいけど、せっかくならとD46に行ってみないかと提案があった。

収入は激減するらしいけど、既に百万円以上持っているので気にするところではない。

もちろん、詩乃《しの》の提案にはすぐに二つ返事で返した。

なのに、詩乃《しの》の案内で向かったのは――ダンジョンではなく、服屋だった。

「服屋？」

「うん！　さあ、入るわよ～」

そう話しながら立ち止まった俺とひなの背中を押して中に入る詩乃《しの》。

すぐに「いらっしゃいませ～」と元気な女性店員の声が聞こえてきた。

店内のどのコーナーに向かうのかなと思ったら、意外な場所で立ち止まった。

「詩乃《しの》。もうそろそろ暑くなると思うんだが……」

入学から約三週間。すっかり暖かくなって真冬に着るようなコートは必要ない。なのに、俺達の前に並んでいるのは、冬用の衣装。しかもどこか雪国にでも行くのかと言わんばかりのものもこもこしたコートが並んでいた。

「何言ってるの。これから向かうＤ46の対策なのよ」

「ん？　Ｄ46の対策？」

「日向《ひなた》くん？　昨日も説明したけど、Ｄ46って雪原だよ？　すっごく寒いんだよ？」

「ああ。それは聞いたぞ？」

「だから買いに来たの」

「ん？」

「どうして日向《ひなた》くんもひなちゃんも疑問符なの？」

不思議がっている詩乃《しの》から視線を外してひなと目を合わせる。お互いに「だって……な？」と心の声が聞こえてくる。

「詩乃《しの》。何か誤解があるようだが、俺はコートなんていらないぞ？」

「えっ？」

「詩乃《しの》ちゃん。私も……いらないよ？」

「えっ⁉」

「だって、俺は冷気に耐性があるから、寒いって感じないんだ」

そう話すとひなも小さく右手を上げて「私も」と答える。

「そ、そうだった……君達ってそういう探索者だった……はあ……」

大きな溜息《ためいき》を吐《つ》いた詩乃《しの》が肩を落とした。と思ったら、すぐに顔を上げる。

「私だけ雪原用もこもこコートを着てもパーティー感が出ないから、二人とも購入～！　これは決定事項です！　お金は私が出すから！」

そう言われてみれば、たしかに詩乃《しの》だけ仲間外れみたいになりそうだ。

こういう所も妹に似ててつい頭を撫《な》でてしまった。

「日向《ひなた》くん？」

「うわ⁉　す、すまん。つい……」

こう女性の頭を勝手に撫《な》でるのはよくない。もっと気を付けないと……。

どうしてかひながムッとした表情で俺を見上げてきた。

「詩乃《しの》がどうしても妹に見える時があって、条件反射というか……悪かった。ちゃんと気を付けるから」

「むっ……違う。私も」

そう言いながら頭を前に出すひな。そんな俺達を見てクスッと笑う詩乃《しの》。

どうしてこうなるのか分からないが、ひなの機嫌を取るために自分よりも少し背の低いひなの頭を優しく撫《な》でてあげた。

「さて、日向《ひなた》くんはこれ。ひなちゃんはこれとか似合うんじゃないかな」

詩乃《しの》の圧倒的なセンスで買う服が決められた。

衣装代はパーティーのためだから俺が支払わせてもらった。報酬は全部俺が貰《もら》っているから、こういったパーティーのための買い物は全部俺が支払うのが道理というものだ。

二人ともちゃんと納得してくれた。

あとはバスに乗り込み、D46を目指す。

それにしてもバスに乗った瞬間から、周りの男性陣の視線が集まるな。

美少女が二人も一緒に乗り込んできたら、目立つのは仕方がないか。

その時、小さな声で「あんなダサい男に美女が二人も付いているなんてお金で買ってるのかな？」なんて声が聞こえてきた。

詩乃《しの》はイヤホンをしているので聞こえないけど、ひなには聞こえたみたいで声が聞こえた方をひと睨《にら》みする。

「どうかしたの？」

「いや、何でもない。ひなも気にするな」

「でも……………」

「俺は大丈夫だ」

ひなはバスの中、ずっと悔しそうにしていた。それを見た詩乃《しの》もとくに追及はしなかった。

俺達は二十分ほどバスに揺られて目的地のＤ46の前で降りた。

ダンジョンの入口で分厚い衣装を今の服の上に着る。

二人ともスカートの上にそのまま穿《は》いているけど、チラッと絶対領域が見えそうになる。

いくら仕方がないとはいえ、女性用の更衣室くらい準備してくれないものか？

「どうかしたの？　日向《ひなた》くん」

「いや、いくら上に着るとはいえ、こんな場所で女性に着替えさせるのはどうかなと……」

「ふふっ。日向《ひなた》くんって優しいね。でも探索者になった以上、そういうのは覚悟しておかないとね。ダンジョンの中でも魔物の攻撃で服が破れることもあるから」

ひなも詩乃《しの》も強いから気にならなかったけど、鋭い爪に引っ掛けられたら服も破ける。

誠心《せいしん》高校の制服は探索者向けの制服でもあるので、普通の服よりもずっと頑丈だ。これもダンジョン産の素材で作った服で、布と感触が変わらないのに刃物を通さなかったりする。

それもあって、休日もダンジョンに入る際には制服という校則があるのだが、それでも耐えられる限界値はあるし、制服は卒業と共に学校に返却しなくちゃいけないので、成人した際には防具を先に買わないといけない。

中には在学中に防具を買うためにお金を貯《た》める人も多いそう。

「さあ、入るわよ〜！」

もこもこのフードを被《かぶ》った詩乃《しの》とひなが可愛《かわい》い。フードの周りに着いたもふもふがここまで似合うとはな。

ダンジョンの中に入ってすぐに、イヤホンを取った詩乃《しの》がひなに近寄って何かを耳打ちして、二人が話し始めた。

D46は詩乃《しの》の情報通り、雪原がどこまでも広がっていて、空からは白い細雪《ささめゆき》が止《や》むことなく降り続けていた。

薄暗い世界に、今まで明るかったダンジョンとは違う気持ちになる。

「何ですって！」

急に大声を上げて怒り出す詩乃《しの》。

「どうしたんだ？」

「日向《ひなた》くん！　さっきのバスでのこと！」

ああ。俺が話そうとしなかったから、直接聞けるまで待っていたんだな。

「気にしなくていいぞ？」

「私が嫌なの！　うちのパーティーは日向《ひなた》くんがリーダーで日向《ひなた》くんが中心なの！」

俺がリーダー⁉　中心⁉

「それを何も知らない人があんな風に言うのが許せないっ！」

俺のために怒ってくれる詩乃《しの》。ひなもずっと悔しそうにしてくれた。そんな二人が愛《いと》おしくて、だからこそ俺のために怒ってほしいと思えない。

「二人とも。俺は二人がそう思ってくれるだけで嬉《うれ》しい。怒ってくれてありがとう。でも二人が俺のせいで悲しむのは俺も悲しい。それに本当に俺は何とも思ってない。だって、実際に二人と一緒にパーティーを組んでいるのは俺だから」

「日向《ひなた》くん……」

「さあ、せっかくの初めてのダンジョンだ。気合いを入れて頑張ろう！」

「君がそう言うなら……うん。これ以上は言わない」

「私も」

二人とも……ありがとうな。

雪原を歩き始めると、雪を踏む音が響く。俺が住んでいる街も誠心《せいしん》町も雪は降らない地域だから、初めての雪景色に心が躍る。子供なら真っ先に雪だるまを作るだろう。

けれど、ここはダンジョン。それを証明するかのように、俺達の前に現れたのは白と青の毛を持った一メートルの体長を持つ狼《おおかみ》の群れだった。五頭が群れている。

「Dランクダンジョンからは魔物が群れで現れるので気を付けてね」

詩乃《しの》もひなも武器を取り出して、狼《おおかみ》に対峙《たいじ》した。

狼《おおかみ》の群れが俺達に向かって吠《ほ》えながら飛びついてきた。

ひなに二頭、詩乃《しの》に二頭、俺に一頭が向かってくる。

本物の狼《おおかみ》のように歯を立てて噛《か》みついてきた狼《おおかみ》を受け流す。

それほど難しいわけじゃないが、やはり気になるのは足元。雪は五センチほど積もっていて、それが毎回足に絡《から》む。

武術スキルがなかったら、簡単に足を取られて転んでいてもおかしくない。

ひなと詩乃《しの》は元々高い実力があるので、素早くトドメを刺していた。

俺に受け流された狼《おおかみ》が方向転換して再度噛《か》みついてくる。真っすぐ俺の首を目掛けて跳んできた狼《おおかみ》の頭部を、下から右拳を振り上げて叩《たた》き上《あ》げた。

周囲に衝撃波のような風圧と音圧が響いて、狼《おおかみ》がその場にぐったりと倒れた。

クナもそうだったけど、何とかここまでの範囲なら一撃で仕留められるみたいだ。

レベル0でもこれができる武術スキルの効果の高さに驚くばかりだ。

《スキル『魔物分析・弱』により、魔物『ケルナ』と判明しました。》
《弱点属性は風属性です。レアドロップは『極小魔石』です》

すぐに魔物を解体して回収する。強さはE90のクナとそう変わらないのでレアドロップも変わらず、素材は肉や爪、牙、毛皮だ。

「日向《ひなた》くん？　ここの素材はそんなに高くないからね？」

「ああ。友人から教えてもらえたよ。探索者が多いから供給が多いんだっけ？」

「うん」

詩乃《しの》が眺めた先には、確かに他の探索者が見える。

俺の周囲探索でもかなり大勢の探索者が見つかる。

六人パーティーも多く、魔物を剝ぎ取る探索者も多く見えた。

「ほらね。普通はああやって物理的に剝ぎ取るの。だから素材って欲しい部位以外はああやって捨てられる場合も多いんだ」

そこには爪と牙だけ取られた狼《おおかみ》の亡骸《なきがら》が転がっていた。

ダンジョンから生まれた魔物は、ダンジョンの地面に五分間放置しておくと消えるので、環境破壊もなければ、腐った臭いもしない。

人の手が触れている間は消えないので剝ぎ取りはゆっくりできる。

「ひとまず、解体は周りの人が見えないところでしようね。日向《ひなた》くん」

「ああ。気を付けるよ」

それから二層を目指しながらケルナを狩っていく。

周りにパーティーが多くても、みんな自分達のことで一杯のようで、こちらに意識を向ける探索者は誰もいなかった。誰かの視線を感じられるのも武術スキルのおかげだ。

二層に下りると一層よりも降る雪の粒の大きさと量が多い。

当然のように地面には雪が十センチも積もっていた。

「足場。かなり悪いね」

「あまり動き回るよりは迎撃かな？」

「うん。カウンター主体で立ちまわった方がいいかも」

二人の会話がハイレベルで付いていけないな……。

それに二人ともあまり俺には口を出さない。

歩き始めた二人の後ろを追いかける。

「あ……二層の魔物。私には無理かも……」

珍しく弱音を吐く詩乃《しの》。

俺達の前を阻《はば》むのは、巨大な蛙《かえる》の魔物だ。体全体が水色と青色で不気味さを搔《か》き立《た》てる。

「ひなも顔色が悪いぞ？」

「ううっ……ご、ごめん……」

二人ともあのフォルムを生理的に受け付けられないようだ。

「じゃあ、蛙《かえる》は俺が相手する」

俺に遠くから攻撃する術《すべ》があるならそれを利用するが、そういうものを持っていない。今できることは、ただ素手と素足で叩《たた》くだけ。武術スキルのおかげでそれにも慣れてきた。

近づいた俺に向かって蛙《かえる》が巨大な口を開いて舌を鞭《むち》のように吐き出して飛ばしてくる。

前に走りながら横跳びで避けてまた真っすぐ走り込む。

蛙《かえる》の口から伸びた真っ赤な舌を辿《たど》るように蛙《かえる》に近づいて、全速力で飛び込んで巨大な腹を蹴り飛ばした。

蛙《かえる》の後方に積もっていた雪が吹雪のように立ち上る。

すぐにぐったりと倒れた蛙《かえる》。一撃で倒せたようだ。

蛙《かえる》のフォルムが苦手な二人のためにすぐに解体して急いで二層を抜けた。

《スキル『魔物分析・弱』により、魔物『ギブロ』と判明しました。》

《弱点属性は風属性です。レアドロップは『小魔石』です。》

三層は二層よりも激しい雪が降っていて、雪原というよりは雪山のように積もった雪は足首まで入っていく。大体十五センチくらいか。

「日向《ひなた》くん！　ここからは私達に任せて！」

「うんうん。二層で何もしていないからゆっくりしていて」

「ああ。分かった。お言葉に甘えるよ」

三層の魔物は二メートルのゴリラの姿をした雪男だった。

ここまでの魔物よりも遙《はる》かに素早く、地面を叩《たた》きつけただけで足元が揺れる。

雪男の攻撃を軽々と避けながら、二人が連携して攻撃を続ける。

たった三十秒も掛からずに雪男が倒れた。

すぐに魔物を回収して、奥に進む。

何度も雪男と戦いになってる中、二体が同時に現れた。

「二人が戦ってる間に一体を引き付けて時間を稼いでおくよ」

「うん！　すぐに行くからね！」

二人が一体の雪男に向かって、俺は別の雪男に向かう。

怪我《けが》をさせられない程度に避けながら時間を稼ごうとしたけど、地面を腕で叩《たた》きつけた雪男に隙が生まれたので、首元を蹴り上げた。

すぐに離脱して次の行動に備える。

十秒……二十秒……三十秒が経過した。

「やっぱり日向《ひなた》くんにとっては雪男も一撃なんだね～」

「そ、そっか。日向《ひなた》くんだもんね」

自分でも驚いた。二人も簡単そうに倒してはいるが、それが俺にもできるとは……。

《スキル『魔物分析・弱』により、魔物『ゴールグ』と判明しました。》
《弱点属性は風属性です。レアドロップは『中魔石』です》

三層での狩りはこれまでとは違って、意外にも時間が掛かった。続いている雪原を進んでいくと、大きな洞窟が見えた。

「あそこがボス部屋前の待機場みたいだね。入ろう～」

中に入るとすぐに奥から大勢の声が聞こえてくる。

広間には大勢の探索者がパーティーごとに分かれて休憩をしていて、その奥の地面にはいつもと同じ転移の魔法陣が描かれていた。

「ここはパーティー単位でのボス部屋になるの。一度倒したら次入れるまで六十分間かかるので、ここで待機してボスを倒すパーティーが多いんだ」

なるほど。三層に戻って魔物を狩るよりは、体力を温存してフロアボスと戦っているのか。

マナーなのか魔法陣までの道には誰も座っておらず、壁側に座っている。

そんな探索者達の視線がこちらに集中する。

無理もない。もこもこの衣装とはいえ、ひなと詩乃《しの》が通れば誰もが振り向く。

三層までは余裕がないのかこういうのはなかったが、待機場ともなれば余裕を持て余している探索者がたくさんいるようだ。

「おい。見ろよ。どっかのボンボンが美女二人を連れてるぞ」

「ぷふっ。聞こえるぞ？　やめとけやめとけ。どうせ金だろ。間抜けた顔だしな」

「それにあの女。髪が銀髪だぞ？　Sランク潜在能力者かよ」

「お～すげぇな～あんな女抱きてぇな～」

わざとらしく、こちらに聞こえても構わない音量で話すパーティーメンバー達。一瞬、探索者達がひな達に見惚《みと》れたからなのか静寂に包まれたものの、次の瞬間からそんな声が洞窟に響き渡った。

「二人とも。俺は気にしてないから」

「っ………」

詩乃《しの》が拳を握りしめて怒っているのが伝わる。

そんな詩乃《しの》と静かに怒っているひなの背中を押して転移魔法陣の中に入った。

Ｅ90のギゲ同様に広い洞窟の奥に大きな猪《いのしし》が見えた。

白い毛に覆われたまん丸い体に、鋭く巨大な牙が特徴的だ。

「「日向《ひなた》くん！」」

「お、おう？」

「「私達に任せて！」」

「わ、分かった」

さっきのことをまだ怒っているようで、二人とも怖い顔でフロアボスに向かう。

後ろから見ても分かるくらいの〝怒ってますオーラ〟は中々怖い。

二人とフロアボスの戦いが始まった。

フロアボスは二メートルほどの巨体で猪《いのしし》らしくずっと走り続ける。

止まることなく走り続けるフロアボスを避けながら攻撃し続ける。

ふと、さっきの話を思い出す。俺はどうやら『間抜けた顔』らしい。

それについて何か言うつもりはないけど、妹に言われた通り、いつも髪はボサボサにしているし、目も隠すようにしている。

自分でも鏡に映る姿を間抜けた顔だなと思ったことがある。

それに加えて俺はレベル0だ。いくらスキルを獲得してそれなりに戦えるようになったとしても、それはあくまでここまでだ。

二人のレベルがまだ低いおかげか、まだ俺でも二人と肩を並べて戦える。

でも二人のレベルが上がりどんどん強くなった先で、俺の立つ場所はあるのだろうか？

藤井《ふじい》くんが話していた『ポーター』という言葉が頭を過《よぎ》る。

もし俺が戦力外となってしまうなら、魔物解体や異空間収納でなら……この先もパーティーを組んでもらえるだろうか？

少しずつ高鳴っていく心臓の音、戦っている二人の音も聞こえなくなった。

その時、俺の頭の中に不思議な女の声が直接響いた。

《汝《なんじ》、鈴木《すずき》日向《ひなた》は運命を受け入れる覚悟があるか？》

っ⁉

周りを見回しても誰もいない。でも確かに俺に直接語りかける人の声が聞こえてきた。いつも聞こえてくる声とはまた違う人のものだ。

《汝《なんじ》、鈴木《すずき》日向《ひなた》は運命を受け入れる覚悟があるか？》

二度目の声が聞こえてきた以上、幻聴の類《たぐい》ではないことは確かだ。

その時、丁度フロアボスを倒した二人は、笑顔で俺の名前を呼びながら手を振っていた。

「日向《ひなた》くん～早く～！」

「ちゃんと勝ったよ～」

謎の声は一旦保留にして、二人の元に向かいフロアボスを回収した。

俺は二人のためにできることが思い付かず、胸の奥がモヤモヤする。

「やっぱり日向《ひなた》くんがいてくれると助かるな～」

「ああ。任せてくれ。俺にできることなら頑張るよ」

「ん？」

不思議そうに首を傾《かし》げるひなに笑顔を見せて、俺はボス部屋を後にした。

外に出ると、待っていたとばかりに探索者達がひそひそ話を始める。

ひなと詩乃《しの》が何かに反応しないように、俺は足早に待機場を後にした。

戦いでひなと詩乃《しの》が汚れて、俺は一切汚れていないことが一目瞭然で、俺が金で買っていると思われているようだ。

「日向《ひなた》くん！　待って！」

「二人とも。あんなくだらないことで怒らないでくれ」

「で、でも！　事実は全然違うのに！」

「…………いや、彼らの言うことが全部間違っているわけではない。実際ボスを倒したのは二人だからな」

「そ、それは……でも日向《ひなた》くんでも余裕で……」

「二人とも。そろそろ帰ろう？　お腹空《なかす》いたし、ひなのお母さんも待っていると思うんだ」

それから何を話したのか全く覚えていない。

ダンジョンから外に出ると、不思議とすっかり夕方になっていた。

せっかく作ってもらった弁当も食べなかった。

二人は俺に合わせるかのように空腹を我慢していてくれたみたい。

俺はスキルで空腹耐性を持っている。だから……全然気付かなかった。

一体俺が二人のためにできることは何だろうか。絶氷《ぜっひょう》を抑えて、念話を届けるだけ。たったそれだけだ。

リーダーと言ってくれたのに、時間管理もできず、ただ現状に甘えていた自分に酷《ひど》く苛立《いらだ》ちを覚える。

俺は一体何のために探索者になったんだ。

もう二度と……妹を泣かせないために、強い人になるために探索者になったはずだ。なのに…………何もできてないじゃないか。

ひなの家で夕飯をご馳走《ちそう》になって、詩乃《しの》を送って気が付けば俺は…………E90の一層に立っていた。

「俺……何してんだ………」

明日もひな達とパーティーを組んでダンジョンに…………行けるのか？

《汝《なんじ》、鈴木《すずき》日向《ひなた》は運命を受け入れる覚悟があるか？》

本当に俺は彼女達に必要なのか？　もしも強敵が現れた時、俺は彼女達を守ることができるのか？

《汝《なんじ》、鈴木《すずき》日向《ひなた》は運命を受け入れる覚悟があるか？》

俺の運命……いつも誰かを泣かせてばかりだった。地元ではレベル0と蔑まれてきた俺のために妹を泣かせたことは数えきれない。

今日だってそうだ。お金で雇ってるならまだマシだったかもしれない。俺と彼女達は対等なパーティーメンバーになったはずだ。

でも実際はどうだ？　俺が戦うまでもなく、彼女達だけで十分だ。彼女達が必要としない素材をただ回収するだけの存在。

それが俺の……運命というのか？

《汝《なんじ》、鈴木日向《すずきひなた》は運命を受け入れる覚悟があるか？》

覚悟……。運命を受け入れる覚悟なんてとっくの昔に決めたはずだ。
強くなるためにダンジョンに入る覚悟を。

《汝《なんじ》、鈴木日向《すずきひなた》は運命を受け入れる覚悟があるか？》

ああ。お前が誰かは知らないが、その運命とやらを受け入れて――――抗《あらが》ってやる。誰かのためにそして――――自分のために。

《汝《なんじ》、運命『愚者』の力を持つ。ここに『愚者ノ仮面』を与えん。》

運命……愚者？　愚者ノ仮面？
次の瞬間、俺の体が禍々《まがまが》しい闇に飲み込まれ始めた。
これが……運命？　よく分からない。でも一つだけ確実なことがある。

体の中から今まで感じたこともない力が湧き上がってくる。

『愚者ノ仮面』――――装着。

俺の全ての意識が何かに塗り替えられる。それは悪魔のように、何かに憑《と》りつくように、俺は力を欲《ほっ》するまま仮面を被《かぶ》った。

人として生まれて目を開けて閉じることはごく当然のことだ。でも仮面を被《かぶ》った俺の視界は人間のそれとは全く違い、全方位が一目で見える。前、横、後ろ、上、下。自分の身体《からだ》ですら鮮明に見える。自分の後ろ姿が見えるというのは不思議な感覚だ。

感覚が変わったのは目だけではない。肌で感じる空気も、重力も、風も、何もかもを超越した感覚。

誰もいないE90を走ってみる。

スキルによって速くなったはずなのに、それを嘲笑《あざわら》うかのような素早さになり、ぶつかった木々が吹き飛ばされていく。

一体の魔物と対峙《たいじ》した。どうしてか、いつもなら大牙を立てて襲ってくるはずの魔物は、その場で震えたまま俺を見上げ続けるだけだった。

ゆっくり近づいて手を触れると、クナはその場から姿を消した。

倒したのではなく、消えたのだ。それを感覚的に分かってしまう。

フロア探索を使い、ボス部屋に向かって走る。

遠いボス部屋に全速力で走ったらたった数十秒で着いた。

中に入り、フロアボスと対峙《たいじ》する。

ギゲもまたいつもとは違い、ただただ全身を震わせて俺を見つめた。

俺は遠くから両手を前に繰り出す。

ひなと詩乃《しの》が攻撃しているのを遠くから見ていて羨ましいと思っていた。俺にもそれができれば、二人の力になれると思った。

だから――――何かを吐き出す。

俺を包み込んだ闇が、雷となって俺の全身から姿を現した。

それは、まるで糸のように俺の意思で動き、一つ一つを操作できる。

無数の黒い雷を飛ばし、ギゲに当てると一瞬で蒸発して姿を消した。

「この力があれば……二人を……守れる………はは……ははは、あはははは！」

嬉《うれ》しい。嬉《うれ》しいはずなのに…………どうして涙が流れるのだろう。

俺が欲しかったのは力なのか？　いや、違うはずだ。

力だけで何もかもを片付けて、それで何が残るというんだ？　俺が欲しいのは……ただ一つ
……………俺を受け入れてくれる誰かだ。

仮面を外す。いつもと変わらない普通の視界に戻り、また現実に引き戻される。ここが俺がいるべき現実だと、そう教えてくれた。

重い足取りでE90を後にして、寮に戻った。

暗闇の中、校門の前に着くと、聞きなれた二人の声が聞こえる。

「「日向《ひなた》くん！」」

「っ⁉」

俺を呼ぶ声に顔を上げると、そこには大きな目に涙を浮かべたひなと詩乃《しの》がいた。

街路灯に照らされた二人は、真っすぐ俺に向かって走ってくる。

「どう……して？」

「日向《ひなた》くんが……悲しそうにしていたから……心配になって……」

「君の部屋に明かりがつかなかったから……」

ちゃんと笑っていたはずだ。愛想笑《あいそわら》いはそれなりにやってきたはずだし、俺はポーカーフェイスキルまで持っている。それも発動させたはずだ。なのにどうして……？

「ねえ。日向《ひなた》くん。私達と一緒にいると、辛《つら》い？」

「っ⁉　そ、そんなはずないだろ！」

「なら、どうして君は私達にちゃんと言ってくれない？」

「えっ？」

「日向《ひなた》くんが何を悩んでて、私達に何を思って何を感じているのか……私は知りたい」

「私も知りたい。君は何も聞こえない世界の私に声を届けてくれた」

「誰も私に近づけないのに、日向《ひなた》くんだけは近づいてくれた。それだけで私は救われた」

ひなと詩乃《しの》が俺の両手を握りしめる。

二人の頰に涙が流れるのが見えた。

「俺は…………二人が思っているような人間じゃない。いつだってどうしようもなくて、こうやって誰かを泣かせて、守ることもできない……弱い男なんだ……」

「ねえ。日向《ひなた》くん。もし誰か日向《ひなた》くんを傷つけるなら、私は日向《ひなた》くんを守りたい」

「誰もが君を悪く言っても私は君の優しさを知っているから」

「だから弱いなんて言わないで。何もかもを一人で抱えないでほしい」

「ちゃんと私達もここにいる。君が辛《つら》いこと、私達にも一緒に背負わせてほしい」

「ひな……詩乃《しの》……」

思わず涙が流れた。

強いというのはどういうことを指すのだろうか。

俺の運命は『愚者』だという。ああ。確かにその通りだ。俺はどこまでも愚かな男だ。こうして……俺のことをちゃんと見てくれる二人がいるのに、いつまでもうじうじと悩んで、勝手に不安になって、勝手に未来を決めつけて。

こうして俺のために涙を流してくれる人がいるのにな。本当に俺は駄目な男だ。

雲に隠れていた月がゆっくりと姿を現し、明かりで俺達を照らす。

二人は満面の笑みを浮かべて、俺の手を大事そうに抱えて頬に当ててくれる。

「辛《つら》いなら何でも言ってね？」

「君は誰よりも優しいから。私達はそんな君がいいんだ」

「うん。だから、ね？」

それからベンチに座り、二人に俺の左右の手を握られたまま、思っていたことを全て話した。

覚悟を決めてこの学校に入ったはずなのに、清々《すがすが》しいまでに俺は弱いままだなと痛感した。

「…………」

「…………」

やっぱり俺があまりにも情けない男だからか、二人とも呆《あき》れて言葉も出せないみたいだ。

詩乃《しの》が大きな溜息《ためいき》を吐《つ》いた。

「はあ……ねえ、日向《ひなた》くん」

「あ、ああ……」

「もしかして、本気で自分が弱いとか思ってる？」

「あ、ああ……今はまだ何とか二人に追いつくことができるが、二人がもっと強くなっていけば、俺はただお荷物になり兼ねないから……」

「はあ……日向《ひなた》くん。今日ひなちゃんが日向《ひなた》くんがいてくれてよかったって言ったの、どういう意味で受け取ったの？」

ん？　それってフロアボスの時か？

「あれは……魔物解体がという意味じゃ……？」

隣のひながビクッとなって、俺を見つめる。

それから何故《なぜ》か肩を落とす。

「言葉って……難しいね……私、ここ暫《しばら》く感情を抑えていたから、ちゃんと伝えられなかったみたい」

「違うよ？　ひなちゃん。これは全部日向《ひなた》くんが鈍感だからだよ」

「鈍感⁉」

「あ、あのね？　日向《ひなた》くん。あれはね……魔物解体が助かるんじゃなくて…………き、さ、君……が……後ろで見守ってくれるから……もし負けそうになっても安心できるというか……絶《ぜっ》氷《ひょう》とかじゃなくて…………」

「⁉」

「もしこの先、私達のレベルがどんどん上がって、これからも強くなったとして、日向《ひなた》くんの価値は下がらないよ？」

「そ、そうなのか？」

「うん。賭けてもいいわよ？」

「私も賭ける！」

身体《からだ》を近づけてきた二人から、腕を通して体温が伝わってくる。

っ⁉　ふ、二人との距離が……近すぎるんじゃ⁉

「ふふっ。いつもの君に戻ったみたいだね」

「うん。いつもの日向《ひなた》くんの雰囲気がするよ～」

「よ、よく分からないが、二人とも……その……少し離れてほしいかな……」

二人は俺越しに顔を見合わせる。そして、

「「嫌だ～」」

「えええええ⁉」

二人はますます俺の腕にしがみついてきた。

静かな夜空に自分の心臓の音が鳴り響いた。


次の日。

朝早くに出かけようとした時、藤井《ふじい》くんと鉢合わせした。

「「疲れてそうだね」」

顔を合わせた瞬間、声が被《かぶ》った。

「ダンジョンかい？」

「うん……C3って思ってたよりも辛《つら》くてね」

昨日から狩場を移すと言っていた。

「という日向《ひなた》くんも随分と疲れてそうだね」

「あ、あはは……まあ、ちょっと色々あってな」

「そっか。パーティーに所属していると色々あるからね。今日も頑張っていこう〜！」

「ああ。今夜も帰ってきたら遊びにきなよ。紅茶ご馳走《ちそう》するよ」

「!?　わ、分かった！　それなら頑張れるかな〜？」

「いや、そんなことで頑張らないでくれ」

「あはは〜でもありがとう。日向《ひなた》くん。じゃあ、また夜」

「ああ」

藤井《ふじい》くんを見送って、俺は神威《かむい》家に向かった。

玄関ではひなが笑顔で手を振っている。

「おはよう」

「おはよう〜！」

朝一でひなの笑顔を見られるのは嬉《うれ》しい。

予定通り、今度は詩乃《しの》の家に向かう。

いつもの帰り道に詩乃《しの》と歩く夜道を、明るいうちにひなと歩くと不思議に思う。通りすぎる男性達がひなを見てみんな振り向く。

何が嬉《うれ》しいのかは分からないけれど、ひながずっと笑顔でいる。

「ひな？」

「うん？」

「何かいいことあったのか？」

「うん！　あったよ〜」

「そ、そっか」

「詩乃《しの》ちゃんが待ってるから早く行こう〜」

ひなが俺の左手を引っ張る。

詩乃《しの》だけでなくひなまでもが俺の手を握るようになったんだな。詩乃《しの》は妹に似てるからまだ何とかなったけど、ひなはまだ厳しい。

跳ねる胸を抑えながら神楽《かぐら》家に着くと、詩乃《しの》が笑顔で俺達を待っていてくれた。

「さあ、今日も張り切ってダンジョンに向かうわよ〜！」

詩乃《しの》に右手を、ひなに左手を引っ張られたまま、昨日と同じD46に向かった。

今日も昨日と同じく雪原を一層から進めてボス部屋前の待機場に辿《たど》り着いた。

日曜日だからなのか、昨日よりも人で溢《あふ》れている。

それでも構わずに通ると、誰もがひな達に振り向く。

羨望《せんぼう》の眼差《まなざ》しが集まる中、二人は堂々と——俺の両手を引いて魔法陣に乗った。

「じゃあ、今日は日向《ひなた》くんが倒してみて」

「お、おう？」

「いいから、いいから」

「分かった」

詩乃《しの》の提案で今日は俺がフロアボスの相手をする。

昨日獲得した愚者ノ仮面は使わずにしておく。あれは切り札として残そうと思う。

一気にフロアボスとの間合いを詰める。

俺を狙って走り始めようとしたフロアボスが動く前に飛び込んで頭部を蹴り下ろした。


《スキル『魔物分析・弱』により、魔物『シロガ』と判明しました。

《弱点属性は風属性です。レアドロップは『雪結晶の宝玉』です。》

周囲に爆音が響いて、地面に広範囲の衝撃波がぶつかったように亀裂が走った。

一度離れて魔物の様子を確認する。次に動いた時は足を重点的に攻撃しよう。

もしひな達の方に行きそうなら愚者ノ仮面であの黒い雷を放とうと思う。

「ひ～なたく～ん」

後ろから詩乃《しの》の明るい声が聞こえてきた。

「ん？」

「もう倒れてるよ～」

「!?」

「さあ、回収して外に出るわよ～」

「お、おう」

詩乃《しの》に背中を押されてフロアボスを回収して外に出た。

大勢の探索者で溢《あふ》れていたけど、空いたスペースにひなが持ってきたレジャーシートを敷いて座った。

「どうだった？」

「な、何とかここまではやっていけるか？」

「やっていけるどころではなくて、恐ろしく強いのよ？　君って。昨日は敢《あ》えて戦ってもらわなかったの。私達がただついていくだけじゃ申し訳ないから」

そう……だったのか。

「私達では荷物持ちもできないし、解体もできないし、だから日向《ひなた》くんの代わりに戦うことくらいしかできないからね？」

そんなことはない……と答えたかったけど、確かに俺が倒して回収してを繰り返したら彼女達のやることがないのも事実だ。

「ごめん……」

「分かってくれたらいいの。日向《ひなた》くんは弱くもないし、私達にも色々指示していいからね？　リーダー」

「あ、ああ。分かった」

その時、後ろから俺に向けられた殺気を感じる。

振り向くと、ニヤけた男が四人立っていた。

「おいおい。そんな間抜けた野郎より俺達のパーティーに入れよ」

「そうだぞ？　俺達の方が楽しませてやれるぞ」

その場から立とうとする詩乃《しの》を制止して、俺は立ち上がった。

「お〜王子様が怒ったんでちゅか〜？　パパに言いつけてやるのか〜？」

「きゃははは！」

何がそんなに面白いのか分からないが、男達が面白そうに笑い始めた。

はあ……こう見ると凱《がい》くんと大差ないというか、凱《がい》くんよりはレベルが高いだろうけど、全く怖さを感じない。

フロアボスの殺気の方がずっと強い。

「日向《ひなた》くん～ほどほどにね～」

詩乃《しの》の声を合図に、俺は本気でひなを何度も泣かせてしまった威嚇スキルを放つ。

「ひいっ⁉」

「悪いが俺のパーティーメンバーに手を出すなら、全力で戦わせてもらう」

全員の顔が真っ青に染まり、後退《あとずさ》り始めた。

あのひなでさえ泣くほどだから、効くかなと思ったら想像以上の効き目だ。

彼らは「すいませんでしたあああ！」と全員が仲良く叫びながら、待機場から逃げていった。

不思議と他の探索者達も全員待機場から逃げるように出て行った。

「ほどほどにって言ったでしょう？」

「やりすぎた……のか？」

「やりすぎだね～」

少し申し訳ないなと思いながら、ちゃんと二人を悪意から守ることができて嬉《うれ》しいと思う。

それから昼飯を食べ、フロアボスを二人が倒して休憩してを三回繰り返して外に出た。

ダンジョン入口では「イレギュラーが起きたかとびっくりしたな。まさか探索者の喧嘩《けんか》でみんな逃げ出すとは、一体どんなやつなんだろうな」と噂話《うわさばなし》が聞こえてきた。

神威《かむい》家で夕食をご馳走《ちそう》になって、詩乃《しの》を送り、寮に帰った。

新規獲得スキル

フェイト

愚者の仮面

Fate

アクティブスキル

周囲探索	手加減
スキルリスト	念話
魔物解体	ポーカーフェイス
異空間収納	威嚇
絶氷融解	フロア探索
絶隠密	
絶氷封印	
魔物分析・弱	

Active skill

パッシブスキル

異物耐性	トラップ発見	凍結耐性
状態異常無効	トラップ無効	隠密探知
ダンジョン情報	武術	読心術耐性
体力回復・大	緊急回避	排泄物分解
空腹耐性	威圧耐性	防御力上昇
暗視	恐怖耐性	
速度上昇・超絶	冷気耐性	
持久力上昇		

Passive skill

レベル0の無能探索者と蔑まれても実は世界最強です
～探索ランキング1位は謎の人～

第11話　無能探索者の本懐

部屋にノック音が聞こえて、扉を開いたら藤井《ふじい》くんが「やあ」と手を上げた。

入ってすぐに「これ、お土産」と手渡されたのは、紅茶に合いそうなクッキーだった。

早速開いて紅茶と一緒に並べる。

「Ｃ３は随分と大変みたいだな」

「やっと一層に慣れ始めたけど、まだまだかな。明日の午後から夕方まで毎日通うことになったよ」

「毎日!?　疲れないのか？」

苦笑いを浮かべた藤井《ふじい》くんは「でもまあ……僕のためにみんな頑張ってくれてるから。僕も頑張りたいんだ」と話した。

どうやら何か事情がありそうだけど、そこは深く聞かないことにする。

「それにしても日向《ひなた》くんは凄《すご》く逞《たくま》しくなったね？」

「そうか？　俺はそんな感じはしないけどな」

詩乃《しの》にあれだけ強いと言われても尚《なお》、今の俺は強いという実感がない。

みんなみたいにレベルが上がるなら、目に見えて分かるはずなのに、それもないから。

「一つ聞きたいことがあるんだけど、いいか？」

「うん？　いいよ？」

「実はうちのメンバー達がマジックウェポンを使っているんだが、やはりみんなマジックウェポンを使っているのか？」

「あ〜それはちょっと違うかも。マジックウェポンって性能によって値段に差があるけど、一番安いものでも百万円はするから、学生で持っているのは限られているね。一年生のときからコツコツお金を貯《た》めて買った上級生くらいかな？　それにしても二人とも持ってるんだ？」

「ああ。どれくらいの性能かは分からないけど」

そう話すと、藤井《ふじい》くんが腰につけていたポーチを開いた。

すると中から、一メートルサイズの弓が現れた。ショートボウといったところだ。

「これは僕が使っているマジックウェポンで、矢がなくても魔石を充填すれば魔法の矢が撃てるものなんだ。小魔石でも百発は撃てるからコストパフォーマンスがいいけど、弓の性能の中では低い部類じゃないかな。でもこれでも結構な値段がするよ？」

「そんな高いマジックウェポンを持っているのか!?」

「あはは……実はうちって魔道具屋を営んでいるんだよ。だから買ったというよりは、僕用のマジックウェポンを作ってもらったんだ」

「なるほどな……ちょっと見せてもらってもいいか？」

「どうぞ」

初めて手に取った武器は、不思議と手に馴染《なじ》んだ。これも武術スキルのおかげか？

弓を握る部分の上に魔石の装置みたいなのが付いていて、そこから矢が生えてくるのか。

「じゃあ、今度マジックウェポン見に行く？　紹介するよ」

「ありがとう。その時はぜひお願いするよ。色んな探索者の武器を見てから相談するよ」

まず購入できるお金を貯《た》めないとな。

「うん。それがいいよ。じゃあ、普段はどうやって戦ってるの？」

「普段は、武術かな？　殴ったり蹴ったり」

「へえ！　珍しいね。それなら武術用の武器でもいいかもしれないね」

「武術用武器？」

「うん。例えば、鉤爪《かぎづめ》とか、ナックルとか」

そう言われると映画で見た武器が簡単に想像できる。探索者でもそういう武器を使ってる人がいるんだな。

「分かった。それを念頭に置いて見てみるよ」

「うん。ためになったならよかった。色んな武器が揃《そろ》ってるから日向《ひなた》くんが欲しがっている武器も紹介できると思う」

「ありがとう」

藤井《ふじい》くんが持ってきてくれた美味《おい》しいクッキーとポーションで作った紅茶を飲んで、藤井《ふじい》くんは部屋に戻った。

まさか藤井《ふじい》くんの家が魔道具屋だったとはな……。

部屋の電気を消して、マジックウェポンを買うためにはどうしたらいいかと悩み始めた。

安くても百万円という言葉。今でも買えなくはないが、これはひな達が倒してくれた分だ。

もちろん、パーティーの戦力強化のために使っても彼女達は文句一つ言わないと思うが、最優先は俺の武器よりも母さんへの生活費だ。

ならマジックウェポンのためのお金をさらに稼ぐ必要がある。

明かりが消えた暗い部屋の中、絶隠密《おんみつ》を使って愚者ノ仮面を取り出した。

無骨なヘルメットのような仮面は中が一切覗《のぞ》けない仕様になっている。

全体が黒く、目の部分も赤く色が染まっているだけで中が覗《のぞ》けたり、硝子《ガラス》になっているわけではない。

ゆっくりと仮面を被《かぶ》ると、視界が一気に変わる。全方位を常に見られる感覚は、やはり人間離れした何かを感じざるを得ない。

愚者ノ仮面を被《かぶ》ることは攻撃ではないので、絶隠密《おんみつ》状態が解除されることもなく、俺は窓を開けてそのまま外に出て窓を閉めた。

仮面を被《かぶ》っていると重力を感じなくなるというか、壁であっても簡単に止まっていられる。

三階なのに、このまま飛び降りられると分かる。壁から大きく飛んで校庭に着地した。

予想通り痛みはなく、そのまま真っすぐ――Ｅ90を目指して走り抜けた。

絶隠密《おんみつ》の凄《すご》いところは、超高速で移動しても風一つ発生せず、音もなく移動できる。

数分もしないうちにＥ90に辿《たど》り着《つ》いた。

中に入ってすぐにフロア探索を行ってボス部屋に向かう。

流れ作業のようにボス部屋に辿《たど》り着《つ》いたら仮面を外してボスを倒す。

仮面を被《かぶ》ったままだと、魔物が消えてしまうので素材を回収できないからだ。

フロアボスを一撃で倒して素材を回収して、絶隠密《おんみつ》が使える六十秒を待ってから仮面を被《かぶ》ってまた走り出す。

それを数時間繰り返した。

すっかり深夜になってしまったけど、素材はかなり手に入ったので満足だ。

もし毎日夜に狩りができれば、もっとポーションや素材を集めることができるんだが……。

不満を言っても仕方がないので、今日はゆっくり眠ろうと思う。

……………もう一回風呂《ふろ》に入らないといけないのか。それは困った。こう風呂《ふろ》に入らなくてもスキルの力で綺麗《きれい》になれたりできないものか？

《閃《ひらめ》きにより、スキル『クリーン』を獲得しました。》

やっぱりスキルさんは俺の味方のようだ。

スキルさんに感謝しながら新しいスキルを使ってみると、無色の泡に包まれ全身を包んでいた不快感が全て消えた。

これなら風呂《ふろ》に入らなくても問題ないか。

まあ……日本人として風呂《ふろ》に入らない日は作りたくないが、こういう場合はいいよな。

そのままベッドに入り、急いで眠って体調を整えようと思う。


《閃《ひらめ》きにより、スキル『睡眠効果増大』を獲得しました。》

また新しいスキルを獲得した。

スキルの効果なのか、すぐに眠りについた。

次の日から毎晩のようにダンジョンに通い始めた。

D46以外にも以前藤井《ふじい》くんが通っていたというD86にも通ってみたり、一週間を通してDランクダンジョンでの攻略を続けた。

　そして、土曜日になってまた三人でD46を訪れた。

　今では二人ともDランクダンジョンでレベルが上がり、より強くなって、ピクニックに通っているように三層の魔物すら一瞬で倒したり、フロアボスですら秒で倒していた。

　やはり二人ともレベルが上がれば俺なんかと比べ物にならないくらい強くなれる。

「君。またあのこと考えてるでしょう」

「!?　す、すまん……」

　最近強くなる二人を眺めてこういうことを思っていると、心を読まれたのか詩乃《しの》にいつも怒られてしまう。そんなに顔に出やすいのか？

　ひな……そんな悲しそうに肩を落とさないでくれ……。

　それから待機場での雰囲気も変わった。誰一人俺達に視線を向けない。

　いつもならガヤガヤするはずなのに、誰一人喋《しゃべ》らない。空気が凍り付いている。

　大勢の探索者が再戦時間を待っているにもかかわらず、静かになった洞窟の中に、ひなと詩《し》乃《の》の楽しそうな雑談の声だけが響き渡る。

　どうやら俺達のことは噂《うわさ》になったみたいで、誰も騒いだりしなくなった。あの時のパーティーメンバーが狩場を変えたという噂《うわさ》も聞こえてきた。

　その日も無事狩りを終えて、二人を送って寮に戻り、またいつも通りコッソリE90で素材集めを繰り返す。

睡眠効果増大スキルのおかげで一日三時間も眠れば十分になった。

これによってE90での狩りの時間は深夜まで続き、効率よくポーションを集められた。

今日でポーションも二十本となり、これだけあれば買取に出してマジックウェポンを購入するお金も確保できそうだ。ギゲの素材もたんまりと貯《た》まっているし。


土曜日が明けて日曜日となった。

そろそろCランクダンジョンに入りたいと言っていたこともあって、今日から俺達もC3に向かおうということになった。

せっかくなら藤井《ふじい》くんにも伝えたかったのだが、どうやら昨日は帰ってこなかったようだ。

仕方ないと思いながら、二人を迎えに行く。

ひなと合流して詩乃《しの》のところに向かう間、何やら周りが騒がしい。

「何かあったのかな?」

「急いで詩乃《しの》と合流しよう」

何だか胸騒ぎが始まった。

急いで神楽《かぐら》家に着くと、詩乃《しの》が出迎えてくれた。

「おはよう～！」

「おはよう、詩乃《しの》」

「どうしたの？　顔色があまりよくない？」

「それが、周りの人達が焦《あせ》っているみたいでな。何かあったのかもしれない」

「なるほどね。それなら私に任せて」

そう言った詩乃《しの》は、俺達を近くの公園に連れてきた。

まだ早い時間だからなのか閑散とした公園には俺達以外誰もいなかった。

その時、詩乃《しの》が俺にピッタリとくっつくほど近づいてきた。

「し、詩乃《しの》⁉」

「動かないでね」

詩乃《しの》は両耳のイヤホンを取った。

「っ…………」

顔を歪《ゆが》めた彼女は俺に寄りかかるように肩に頭を埋《うず》めた。

辛《つら》そうな詩乃《しの》を俺とひなはただ見守るしかできずにいた。

ようやくイヤホンを嵌《は》めた詩乃《しの》がその場に崩れそうになる。

急いで彼女に肩を貸して近くのベンチに座らせた。

「えっと……ね…………どうやら、イレギュラーが……起きてるみたい」

「「イレギュラー⁉」」

俺とひなの声が被《かぶ》る。

イレギュラーという言葉は、探索者にとって最も大切な言葉でもある。

世界に自然災害があるように、探索者にとってイレギュラーは自然災害のような大きな災害である。

ダンジョンの階層にはそれぞれに決まった魔物が出現する。別の階層や別のダンジョンの魔物が出現することはないのだ。

なのに、それが起きる場合がある。通称『イレギュラー』と呼ばれている。

そして、中でも最悪なのは――――出現した魔物がそのダンジョンにいる魔物よりもずっと強力である場合がある。

例えば、CランクダンジョンでDランクやEランクのダンジョンの魔物が出現しても、それは脅威にはならない。だが、CランクダンジョンにBランクダンジョンの魔物が現れたとすると、それは絶望的な状況になる。

探索者は本来自分の身の丈にあったランクのダンジョンに入るが、最悪のイレギュラーはそれを大きく超えてしまうため、多くの犠牲者が生まれてしまうのだ。

「一体どこでイレギュラーが起きてるんだ？」

「それが………どうやら近くの――――」

詩乃《しの》の言葉に何故《なぜ》か心臓が跳ね上がった。

願うことなら、自分の知人がいない場所であってほしいと願った。だが、その実情は無情にも……俺が一番言われたくない言葉となって返ってきた。

「――C3。しかも一層みたい」

「っ……！」

C3。一度も行ったことはないが、俺はその名を知っている。

誠心《せいしん》高校に入学して、二人とパーティーを組む前から……友人となった藤井《ふじい》くん。彼が先週から通っているダンジョンの名前だ。

「日向《ひなた》くん？」

「あのダンジョンに……ずっと友人が通っているんだ」

「そう言ったよね。でもこの時間だとまだ入っていないんじゃない？」

「いや、昨日は帰ってこなかった。だからまだC3に残っているかもしれない」

「それって…………」

詩乃《しの》から聞いた情報を必死にまとめる。

詩乃《しの》の情報でC3の一層でイレギュラーが起きたという。

本来なら昨日帰ってくるはずの藤井《ふじい》くんが帰ってこなかったのは、帰ってこられなかったと考えるべきだ。

その原因を考えると、一つは死亡だ。でもそうではないと信じたい。

もう一つは――――二層に逃げ込んだ可能性がある。

となると一層のイレギュラーは突破が難しいのかもしれない。

考え込んでいると、俺の両手に温かい感触が伝わってきた。

「日向《ひなた》くん？　どうするの？」

「どう……する？」

「うん。このまま待っていればレスキュー隊が助けてくれると思う。でもCランクダンジョンで起きたイレギュラーは、少なくともBランク以上のモンスターが現れてるはず。となると通常のレスキュー隊では対処できなくなっちゃう。そうなると……特殊隊が来るまで待たないといけないかもしれない」

特殊隊……？　それがやってくるまでどれだけかかるんだ？

「すぐに来るとは思うけど、少なくとも一時間以上はかかると見た方がいい」

「一時間以上……？　それまで犠牲者は出ないのか？」

「一層ってことは、入口で封鎖しているだろうから、新たな犠牲者は生まれないと思う。でも……元々いた探索者は被害に遭っているか、二層に逃げていると思う」

やはりそう考えるのが妥当か……！

「でも二層に逃げ込んだとしても、問題はみんなの体力がどこまで続くか。強い人がいればいいけど、一層をメイン狩場としたメンバーなら……二層は荷が重いと思う」

「っ……」

「でも一つだけ方法があるなら——日向《ひなた》くん」

二人が俺の手をぎゅっと握り閉めた。

「日向《ひなた》くんの強さは私達が誰よりも近くで見てきたの。だから……日向《ひなた》くんならみんなを助けられるかもしれない。あの消える力で二層に物資を運んだり助けたりできると思う。でもそんなことをしたら、みんなに君の正体を打ち明けることになってしまう。特にあの消える力は国にとっても有効で危険な力だから」

詩乃《しの》が何を言いたいのかが伝わってくる。絶隠密《おんみつ》の力があれば色んなことができてしまうから、国から兵士として強制的に召集されるかもしれない。

やがては、家族さえも危険に晒《さら》すことになりかねない。それだけは絶対にしたくない。

でも一つだけ頭を過《よぎ》ることがあった。

——『愚者ノ仮面』。

それがあれば、顔を隠したまま助けられると思う。

「だとしても……友達が生きているかもしれない。大勢の人が俺が行くことで助かるかもしれない。それなら………」

二人が俺の手を触ってくれて、俺はそのまま拳を握った。

「だから行くよ」

「うん。応援してる」

「私も落ち着いたら追いつくから、すぐに行くね」

「ああ。行ってくる」

「「いってらっしゃい」」

二人が見送ってくれるなら百人力だ。

俺は絶隠密《おんみつ》状態になり、愚者ノ仮面を被《かぶ》った。

視界が一気に開けて全方位が見えるようになり、全速力でC3に向かって走り出した。

C3は今日向かう予定だったから事前に場所を把握している。

ビルの壁から壁に飛び移りながら全速力で走る。仮面の力で重力は感じずに、風圧も衝撃波も出ず、超高速で走り、木々の葉っぱすら揺らすこともなかった。

イレギュラーのせいなのか、周りがあたふたしている。非常事態でもあるのか、いくつものダンジョンへの入場禁止令が出ていた。

慌ただしい景色が続いて、遂《つい》にC3の入口前にやってきた。

物々しい雰囲気の中、大怪我《けが》をしている探索者が多くいて、手当てを受けていた。

入口付近では涙を流している人々も多く、どれほど絶望的なイレギュラーが起こっているのか伝わってきた。

俺は急いで中に向かった。

入ってすぐに熱風が俺を迎え入れる。

巨大な絶壁が左右の視界を阻《はば》む深い谷だ。太陽が地上を照らして、熱さを感じる。

地面は平坦《へいたん》とはいえ、所々に大きな岩があるため、戦いにくそうだ。

すぐに周囲探索を使い、一本道を全速力で走っていく。

残念ながら周りには誰一人見えない。イレギュラーのせいで逃げたか、イレギュラーによって…………。

怒りを我慢しながら走っていくと、俺の視界にイレギュラーと思われる存在が見え始めた。

「⁉　お、お前は…………」

思わず声に出してその場に留まった。

それは――――イレギュラーが見覚えのある魔物だったからだ。

見覚えのあるその姿。俺はこいつに殺されそうになった過去がある。

初めてダンジョンに落ちた時、最初に倒す羽目になったティラノサウルスの姿をした魔物。

その巨体が絶望をまき散らしながら周りの獲物を探し続けていた。

大きな後ろ脚二本で立ち、前脚二本は真っ赤な液体で染まっていた。

こいつのせいで大勢の人が…………。

そう思うと心の奥から怒りが込み上げてくる。

絶隠密《おんみつ》状態だと見つからない。このままこいつを越えて二層に逃げ込んだみんなを助けることもできる。

でも……それで解決するのか？

ここでこいつを倒さないと、また大勢の人が犠牲にならないのか？

そう思った時には自然と体が動いていて、思い切り地面を蹴り飛ばして、目の前にティラノサウルスの顔面を捉える。

右の拳に全力を込めて――殴り飛ばした。

絶隠密《おんみつ》が解けると同時にティラノサウルスの巨体が宙を舞って地面に叩《たた》き込まれた。

大きな音を響かせて倒れたティラノサウルスがすぐに咆哮《ほうこう》を上げ、立ち上がる。

「はは……怒りで殴ってしまうなんて……子供じゃあるまいし…………いや、言い訳はやめておこう…………俺は……お前を許さない！」

絶隠密《おんみつ》が再度使えるまで六十秒。でもそんなことはもうどうでもいい。今日ここでこいつとの決着を付けてやる！

ティラノサウルスは、口から青い血を出しながら俺に向かって飛び掛かってくる。あの日感じた速度のまま、俺を踏みつけようとする。

あの日のままなら、簡単に避けることはできなかっただろう。でも今の俺はスキルの力であの日よりも強くなった。

愚者ノ仮面の力も相まって、余裕があるからこそ、ティラノサウルスの足をギリギリの距離で避ける。

俺の前にティラノサウルスの太い後ろ脚が見える。

ギリギリ避けた理由――――それは後ろ脚を蹴り飛ばすため！

俺の左足が後ろ脚を蹴り飛ばすと、ティラノサウルスの骨が折れる音と共に、衝撃波の轟音《ごうおん》が鳴り響く。

巨体はそのまま岩壁に激突して、夥《おびただ》しい量の青い血液をまき散らしながら倒れ込んだ。

「お前に殺された全ての人の痛みを……お前も感じてみろ！」

俺は何度も何度も倒れたティラノサウルスの体を叩《たた》き続けた。

鱗《うろこ》が吹き飛び、骨が砕ける音が響き、地面が青い血の海になっても尚《なお》、俺は止めることができず、ただただ悔しくて叩《たた》き続けた。

もし昨日の夜、事前視察のために俺がC3を訪れていたら、大勢の人が死なずに済んだのだろうか？

もし昨日の夜、藤井《ふじい》くんが帰ってこなかったことに違和感を感じて、ここに顔を出していたら、大勢の人が死なずに済んでいたのだろうか？

色んな思いがぐちゃぐちゃになりながら、動かなくなったティラノサウルスを見上げた。

せめてもの思いで、死んだ人々のためにティラノサウルスの前で両手を合わせた。

どうか……安らかに眠ってほしい……仇《かたき》は討った……。

ティラノサウルスを全て回収して、急いで二層に向かった。


二層も一層と同じ風景だったが、一層と違うのは入口付近が人でごった返していた。

多くの人が疲れと怪我《けが》で倒れ込んでいて、血の臭いまでしている。

最前線では入口に向かってくる魔物に対抗して、大勢の探索者が戦っていた。

しかし、今にも魔物達に突破されそうになっている。

すぐに助けなければ――――と思った時、最前線から大声が聞こえてきた。

「必ず助けはやってきます！　こんなところで諦めたらダメだ！　絶対……絶対生きて帰るんだ！　僕達を待っていてくれる家族や友人がいます！　彼らを悲しませてはならない。だから今一度立ち上がりましょう！　絶対に……絶対に助けに来てくれます！」

ああ……聞き慣れた声に心の底から安心感を覚える。

ティラノサウルスによって大勢の人が亡《な》くなって悲しくても、知り合いが生きていることに安堵《あんど》してしまう。

「そうだ！　俺達はまだこんなところで死ねない！　俺達のために犠牲になってくれた者達のためにも生き延びるぞ！」

探索者達から一斉に雄たけびが上がった。

藤井《ふじい》くん。君は希望を捨てず、ずっとみんなを守ってくれていたんだな。友人として鼻が高いよ。

ゆっくりと歩き出す。

こちらに向かってくる魔物の群れに向けて、雄たけびを上げている探索者のみんなに、人という希望に、胸が熱くなった。

黒い雷を発動。

周囲に雷の音が鳴り響く。

そして、向かってくる多くの魔物が黒に染まった。

「よく耐えてくれた。ここからは俺に任せろ」

探索者達が見つめる中、俺は一歩ずつ前に進んでいく。

多くの探索者達の間を通り抜け、最前線に呆然《ぼうぜん》と立つ藤井《ふじい》くんも通り過ぎた。

小さい声で藤井《ふじい》くんに「よくぞ守ってくれた」と伝える。

彼の両目が涙で溢《あふ》れそうになるのが見える。

両手を前に出し、再度黒い雷を放つ。

こちらに向かっていた魔物の群れが次々消えていき、やがて魔物一色だった景色は開け、美しい谷の向こうが見えた。

直後、後方から大きな歓声が上がる。

すぐに異空間収納から貯《た》めていたポーション二十本を取り出して、近くの探索者に渡す。

「これは手持ちのポーションだ。瀕死《ひんし》の人に使ってくれ」

「い、いいのか？」

「当然だ。助けるためにやってきた。気にせず使ってくれ」

「こんなに高級な物を……ありがとう！　本当にありがとう！」

探索者が俺に感謝を述べて、瀕死《ひんし》の人達にポーションを飲ませ始めた。

「みんなそのまま聞いてくれ。一層に現れたイレギュラーは倒しておいた。もう帰れるから安心してほしい」

多くの人が涙を流し、感謝を何度も口にする。

不思議と誰一人一層には向かわず、自分達を守ってくれて瀕死《ひんし》になった人達の介護に回る。

その光景に人の絆《きずな》を感じることができ、思わず嬉《うれ》しい笑みがこぼれてしまった。

ポーション二十本はギリギリ行き渡り、負傷者達を連れ全員が一層に移動する。

俺も藤井《ふじい》くんも彼らを後ろから守りながら一層に入り、今度は一層の魔物を一掃しながら外を目指した。

出口に着くと、全員が感謝を口にしながら外に出る。

そして、最後に藤井《ふじい》くんだけが残った。

「あ、あの！」

「…………あの時。どうして諦めてなかったんだ？」

俺の質問に一瞬ポカーンとした藤井《ふじい》くんは、すぐに恥ずかしそうに笑みを浮かべた。

「家族と約束したんです。生きて。生き抜いて。いつか一緒に暮らそうって。それに――」

「それに？」

「初めて友人ができたんです。彼はとても頑張り屋で、僕なんかとパーティーを組んでくれるかは分からないけど……何もしないで後悔したくないから。彼にパーティーを組んでもらえるように話すつもりなんです」

どこか清々《すがすが》しい表情を浮かべる。

「あの！　貴方《あなた》の名前を聞いてもいいですか？」

「俺の名前？　俺の名前は、ひ――」

うっ！

「ひ？」

このまま日向《ひなた》と言ってしまうと、絶対に怪しまれる。

何だか絶対にそうなると思ってしまった。

どうしよう……何とか名前を考えろ……日向《ひなた》じゃない名前を……。

「ごほん。俺は――ヒュウガ《日向》という」

「ヒュウガさんですね。とても素敵な名前です。僕は藤井《ふじい》宏人《ひろと》です」

何とか名前を誤魔化すことができた。仮面を被《かぶ》っていると声も無機質になるので、バレずに済みそうだ。

「うむ。宏人《ひろと》くんか。君もよい名だな」

「ありがとう。今日は僕達を助けてくれて本当にありがとうございました」

九十度に腰を折る藤井《ふじい》くん。

そんな彼からは誠意が伝わってくる。

「君もあの場面で人々に希望の光を灯《とも》してくれてありがとう。君の頑張りがなければ、今頃全滅していただろう」

少し驚いた藤井《ふじい》くんの目には大きな涙が浮かんだ。

きっと藤井《ふじい》くんだって怖かったはずだ。なのに、自分とみんなを奮い立たせていた。

「その想《おも》いがあれば、君の願いもきっと届くはずだ。これからも頑張れ」

「はいっ！」

満面の笑みを浮かべた藤井《ふじい》くんは、出口に向かって真っすぐ飛び出した。

俺も絶隠密《おんみつ》状態になり、ダンジョンを後にした。

日向《ひなた》がダンジョンを後にした直後、谷の大きな岩の影がゆっくりと揺らぐ。

水面に広がる波紋のように静かに揺れ続けた。

「…………」

◆

Ｃ３から離れてほどなくして、ひなと詩乃《しの》の気配を感じ急いで近くに向かう。

「ひな！　詩乃《しの》！」

全速力で走っていた彼女達を念話を込めて呼び、その場で急停止する。

すぐに絶隠密《おんみつ》を解除すると二人が俺に向かってきた。

「二人ともごめん。急いで駆けつけたんだけどさ。もう助かったみたい」

「えっ？」

「そ、そう？」

愚者ノ仮面を使ってたので、俺が助けたことは伏せておくことにした。

二人が藤井《ふじい》くんと会う機会があるかもしれないからね。

こういうのは、彼の想《おも》いを尊重して隠そうと思う。

「まぁ、日向《ひなた》くんがそういう感じでいくならそれでもいいわよ。ねえ？　ひなちゃん」

「ふふっ。詩乃《しの》ちゃんが言った通りだね」

「ん？　言った通り？」

「何でもありません～それよりも、小腹が空《す》いた～！」

「私も！」

「そうか。好きなモノ奢《おご》ってあげるよ」

「「やった～！」」

嬉《うれ》しそうな笑顔を浮かべる二人に両手を引っ張られた。

新規獲得スキル

フェイト (Fate)

愚者の仮面		

アクティブスキル (Active skill)

周囲探索	手加減	
スキルリスト	念話	
魔物解体	ポーカーフェイス	
異空間収納	威嚇	
絶氷融解	フロア探索	
絶隠密	クリーン	
絶氷封印		
魔物分析・弱		

パッシブスキル (Passive skill)

異物耐性	トラップ発見	凍結耐性
状態異常無効	トラップ無効	隠密探知
ダンジョン情報	武術	読心術耐性
体力回復・大	緊急回避	排泄物分解
空腹耐性	威圧耐性	防御力上昇
暗視	恐怖耐性	睡眠効果増大
速度上昇・超絶	冷気耐性	
持久力上昇		

レベル０の無能探索者と蔑まれても実は世界最強です
～探索ランキング1位は謎の人～

第12話　エピローグ

Ｃ３でのイレギュラーが起きて、街が平穏に戻るまでは数日かかった。

ひなと詩乃《しの》と一緒に献花場に足を運んだりもした。

ようやくダンジョン入場禁止規制も解けた後の週末。

二人からまた街に出掛けたいという申し出があり、一緒に街に出た。

最初にやってきたのは――――服屋だ。

「日向《ひなた》くんはこれ！　ひなちゃんはこれ！」

何が凄《すご》いって、流して見ているようで的確に見つけるというか、詩乃《しの》のセンスは異常に優れている気がする。

「はいはい。二人とも着替えて～」

詩乃《しの》に背中を押されて、俺とひなとそれぞれの簡易更衣室に入った。

同じ更衣室に入ったわけではないのに、壁一枚向こうにひながいると思うと、思わず顔が熱くなる。

隣から服を脱ぐ音が聞こえて、より顔が熱くなるのを感じる。

俺も急いで詩乃《しの》から押し付けられた衣装に着替える。

ネイビーブルーのストレッチ性のあるズボンに、白いシャツとズボンと色を揃《そろ》えたジャケットを羽織る。

シンプルだけど、とても気に入ったデザインだ。

更衣室のカーテンを開くと、靴まで用意されていて、黒いブーツを履いた。

「わあ！　やっぱり日向《ひなた》くんはシンプルでも似合うね。それより……一つ聞いていい？」

「ん？　どうした？」

「えっと……いつも髪を深く下ろしているけど、それってどうしてなの？」

「あ～これは、妹から一緒に出掛ける時以外は必ず下ろしておくように言われていてな」

「ほぉ…………ねえ、日向《ひなた》くん？」

目を細めて近づいてくる詩乃《しの》。

気のせいか、詩乃《しの》からいい香りがする。いや、元々か。

「お、おう？」

「せっかく私達とデートなんだから、髪上げようよ」

「デ、デート⁉」

「そうだよ？　嫌？」

笑顔になった詩乃《しの》がまた可愛《かわい》らしい。

「そ、その……ひなはどう……思う？」

「えっ？　私？」

頷《うなず》いて返す。詩乃《しの》はもちろんだけど、今日はひなも一緒に行動するはずだ。

妹には悪いと思っているが、そもそも絶対禁止とは言われていないから。

「ふふっ。私もパーッと上げてほしいかな？　この店だとメンズワックスのサービスもあるから、それを頼んでみよう」

「分かった」

すぐに店員が呼ばれて、俺はどこかに連れて行かれた。

店員のなすがまま、メンズワックスを髪につけられ、前髪が上げられ視界が一気に開ける。

セットを終えた店員の顔が少し赤くなっているのが気になるが、詩乃《しの》達の所に戻った。

丁度俺が戻ったとき、詩乃《しの》は着替え中で、ひなの後ろ姿があった。

「ひな」

俺の声に応えるように振り向くひな。

美しい銀色の髪が宙を舞い、そこには今まで見たことのないひなの姿があった。

真っ白な美しいワンピース。それから伸びるほどよい肉付きの綺麗《きれい》な足が彼女の可愛《かわい》さをより強調している。茶色のブーツもアクセントになって、右手につけた銀色のブレスレットもとても似合っている。

「ひ、日向《ひなた》くん？」

「っ⁉　ご、ごめん」

思わず視線を外してしまった。美少女は妹で慣れているつもりだったが……ひなの美しさは中々直視できない。

「え、えっと……やっぱり、似合ってないよね……」

「い、いや！　そんなことはない！　めちゃくちゃ似合ってて……その……すまん。直視できない……」

ひなまで黙ってしまって気まずい雰囲気が続いた。

その時、閉まっていた更衣室のカーテンが開いて、中から詩乃《しの》がジト目で見てくる。

「何を言っているのか聞こえなかったけど、ラブラブの波動を感じました」

「い、いや！　そんなことは……」

「まったく……人が着替え中に私だけ除け者《のけもの》にしたな～」

「そ、そんなことはないって！」

ムッとする詩乃《しの》だが、ひなとは真逆のチョイスで、黒い革のショートパンツとベージュ色のキャミソール、その上にショートパンツよりも下まで伸びる着丈が長いピンク色のシャツを羽織っていた。

二人とも同じブーツを履いていて、ひなの右手のブレスレットを、詩乃《しの》は左手にしていた。

「詩乃《しの》も凄《すご》く似合っているよ」

「ふふっ！　何たって詩乃《しの》様ですから～！」

「これからもよろしくお願い申し上げます～」

芝居がかった大袈裟《おおげさ》な挨拶をすると、ひなもそれを真似《まね》た。

俺達は顔を見合わせて笑い声を上げる。

会計を済ませて、今日は狩りではなく商店街を回って遊ぶことにした。

服屋の次は、詩乃《しの》が大好きなカフェで、また呪文みたいな珈琲《コーヒー》を注文して三人でカウンター席に並ぶ。

テーブル席は誰かが一人で座ることになるから嫌だとカウンター席に並んだ。

俺を挟んで二人が楽しそうに話し、俺も時折混ざりながら楽しい時間を過ごしていく。

カフェの次はゲームセンター。

よく分からないけど、上手《うま》くプレイするよりは、笑っている二人に自然と笑みがこぼれた。

時には詩乃《しの》から人形を取ってほしいとせがまれて一所懸命取りにいく。

こういう所で武術が生きるとは思わなかったが、アームと人形に寸分たがわぬ狙いを定めることができた。

………これって違法とかにならないよな？

詩乃《しの》とひなの分を取ったので、いなくなった二人を探し回る。

周囲探索を使えばすぐにでも見つけられるけど、それは最終兵器だ。今はこの時間ですら楽しくて愛《いと》おしい。

ゆっくりと歩き回ると、向こうから詩乃《しの》とひなが嬉《うれ》しそうにやってきた。

「じゃじゃーん！　新しいひなちゃんだよ～」

「ど、どうかな……」

そこには、長い髪を二つに結んでツインテールにしたひながいた。

もちろん、破壊力は抜群で数秒息を吸うことすら忘れた。

それに詩乃《しの》の前髪には大きい髪留めが付けられていて、それがまた可愛《かわい》らしい。

二人とも俺から離れると声は聞こえないし、感情は表せないのによくやったものだ。

「ほら。欲しがっていた人形。二人分だよ」

「わあ！　ありがとう！」

「私も？　あ、ありがとう……大事にするね？」

二人とも大事そうに抱えて笑顔を浮かべてくれる。

その姿だけでも取った甲斐《かい》があったというものだ。

「今度は～レストラン～！」

また詩乃《しの》が元気よく俺の手を引くと、ひなも俺の手を握り並んで一緒に走る。

繋《つな》いだ手の銀色の細いブレスレットが輝く。

詩乃《しの》が目指したのは、意外にもチェーン店のレストランだった。

二人とも豪邸に住む令嬢だ。高級レストランの方が慣れてそうなのにな。

「ここ、一度来てみたかったの！」

「私も！　周りの子達が話してて気になってた！」

「でしょでしょ！」

ぐいぐい引っ張られて中に入ると、店内が一気にざわつく。

誰もがこちらを見ながら「え？　どこかの俳優さん達？」とか「モデルとかかな」と、ひそひそ話を始めた。

店員に案内されて通された席で二人が止まったので、二人を向かいの席に押し込んで、俺は対面に座った。

さすがにこういう時も隣がいいとか言わないでほしい。

……妹が以前テーブル席なのに隣に座って非常に気まずかった。その時は何とか向かいの席に座らせたけど。

二人とも安価な食べ物を注文して、料理が来るまでデザートを何にするかで悩み始める。

すっかり仲良くなった二人は、姉と妹にも見える。俺の予想では意外に詩乃《しの》が妹かな。

「ん？」

俺の視線に気付いたのか、詩乃《しの》が首を傾《かし》げる。

「いや、二人って何だか姉妹みたいだなって。ひなが姉で詩乃《しの》が妹かなって」

二人はお互いに目を合わせた。

「それなら日向《ひなた》くんはお兄ちゃんだね～お兄ちゃん～」

「お兄ちゃん～」

っ⁉

妹の『お兄ちゃん』も慣れたとはいえ、世界で一番可愛《かわい》いと思っていたのに、それに次いで二人の『お兄ちゃん』の破壊力はとんでもないものだ。

ふと、妹のことを思い出して、少し胸が苦しくなる。

次の長期連休の時に実家に戻り、ダンジョンで稼いだお金を母さんに渡したいと思う。

それに妹のお土産も色々買っていかないとな。

「日向《ひなた》くん？　どうかしたの？」

「妹を思い出してな。次の連休で帰るから、お土産とか準備しないとな～と思ったところだよ」

「それなら私達が一緒に探してあげる～！」

「ありがとう。妹もきっと喜ぶよ」

それから注文した料理が来て、みんなでシェアしながら味を堪能《たんのう》して、デザートもお互いに違う味のパフェを三つ注文してシェアして食べた。

それからも商店街の色んな店を見て回って、夕方前には神威《かむい》家に戻った。

ひなのお父さんも帰られていて、ご両親がひなの格好に涙を流したのは言うまでもない。しまいには、写真まで残したいということで、流れでみんなで写真を撮ることになった。

ひなとご両親とお爺《じい》さんの四人。

俺と詩乃《しの》が入った六人。

俺とひなと詩乃《しの》の三人。

カメラも魔道具のようで、その場で何枚もプリントできて、三人の写真と一緒に綺麗《きれい》なフォトフレームも一つ頂けた。

ひなも詩乃《しの》もみんな同じ形の色が違うだけのフォトフレームを。

少しだけ頬を赤く染めているひなが俺の左腕に手を添え、右腕には詩乃《しの》はとびっきりの笑顔で抱きついている。

二人を意識している自分の緩んだ顔もまた――――幸せそうだ。

生まれてずっとレベル0と蔑まれてきた俺は、高校に入学し、家族を守れるように強くなりたいと願いダンジョンに行った。

死にかけたりもしたが、今では自分が想像していたよりもずっと楽しい毎日を送っている。

誰も見向きもしなかった俺の両隣には可愛《かわい》らしい女の子二人がパーティーメンバーとなり、毎日のように一緒に時間を過ごしていて、お互い命を預けダンジョンで日々切磋《せっさ》琢磨《たくま》している。

そして——俺の手を握りしめて時折可愛《かわい》らしく頰を赤く染めるのだ。

レベル0の無能探索者と蔑まれても実は世界最強です
~探索ランキング1位は謎の人~

特別SS　ひなたと詩乃のお茶会

「お邪魔します」

無表情のまま挨拶をするひなた。

「ただいま～」

ひなたと一緒に入ってきた詩乃《しの》が挨拶をすると、出迎えてくれたメイドたちが深々と頭を下げて挨拶をした。

「極力甘味が少ないお菓子と紅茶をお願い」

「かしこまりました」

二人は洋風の豪邸の中を進み、詩乃《しの》の部屋に入った。

扉を閉めると同時に、部屋中に不思議な力が伝わる。

「ふう……やっと外せられるよ～」

そう言いながら耳に付けていたイヤホンを取り外した。

「ひなちゃん。好きな場所に座っていいから～」

「うん」

部屋を見回したひなたはテーブルの椅子に腰を掛けた。

ほんのり甘い香りがして、普段から詩乃《しの》の女子力の高さに驚く。

それに比べて自分は能力のせいでもあるが、殺風景な自身の部屋を思い出していた。

「こうして二人っきりになるの、何だか久しぶりだね？」

ひなたもこくりと頷《うなず》いて答えた。

日向《ひなた》がいなければ感情をさらけ出すことが難しいひなた。詩乃《しの》もそれを理解していて、彼女の態度に腹を立てたりはしない。

部屋にノック音が聞こえて、詩乃《しの》がすぐに手に持っていたイヤホンを耳に付けると、メイドが紅茶とお菓子を持ってきてくれた。

「甘さ控えめのものになります」

「ありがとう」

テーブルに色鮮やかなクッキーと、綺麗《きれい》なピンク色を帯びた紅茶が並んだ。

メイドが出ていくと、またイヤホンを外す。

「イヤホン……大変だね」

「そうね。不便ではあるけど、私よりひなちゃんの方がずっと大変だと思う」

「慣れた……のはあるけど、やっぱり日向《ひなた》くんと一緒にいると楽しいかな」

「そうね。私もイヤホンを気にせずに話せるのも嬉《うれ》しいわ」

「そういえば、日向《ひなた》くんが通訳してくれているんだよね？」

「うん！　念話だから実際の声とはまた違う感じで、電話とかともちょっと違うんだけど、日向《ひなた》くんって普段も明るいところあるでしょう？　言っている人の喋《しゃべ》り方とかテンションとかも真似《まね》てくれるんだ」

ほんの一瞬だけひなたから冷気が出る。

どうも日向《ひなた》のことを思うと、漏れ出てしまう時があるのだ。

「私も聞いてみたい」

「それなら今度ひなちゃんにも一緒に念話を送ってくれるように頼んでみようか？」

「うん。私からも頼んでみるよ」

「それがいいわ。日向《ひなた》くん――――きっと喜んでくれるよ」

「そうだといいな……」

「大丈夫大丈夫。ひなちゃん可愛《かわい》いし、日向《ひなた》くんもいつもまんざらでもなさそうだよ？」

またもやひなたから少し冷気が漏れる。

「うわっ!?　ご、ごめん」

「ううん。私こそ……取り乱してごめんなさい」

三秒ほど沈黙が続いた。

「本音で話せなくてごめんなさい。つまらない……よね」

無表情だけど、内心では落ち込んでいるのが見える。

そんな彼女に詩乃《しの》は柔らかい笑みを浮かべた。

「そんなこと全くないよ？　この耳栓ってさ。やっぱり、みんなからしたら相手にされないように思えるらしくて、友達もみんな離れてしまったよ……潜在能力を知っているからこそね」

Ｓランク潜在能力。

それだけで多くの人から羨ましがられる。その事実を二人は身に染《し》みるほど知っている。

だが、その実情はただ強いなどという簡単なものではない。あまりにも強すぎる力によって、普段の生活に支障が出て、二人はその中でもとびっきり大きなデメリットを持つ。

詩乃《しの》が力を持ち、みんなを無視するかのようにイヤホンを付けて話せなくなったことで、周りがどんどん離れたのは聞くまでもなく、ひなたには容易に想像できた。

「ひなちゃんも色々あったみたいだね」

「うん……一番大事な友達を……傷つけてしまったの。だから……今の私だけ幸せに過ごしているのが申し訳ない。でも……両親やお姉ちゃんのためにも生きていかないと」

「そうね。それには私も同感よ。それに――――日向《ひなた》くんなら何とかしてくれるかもしれない」

「日向《ひなた》くんが……？」

詩乃《しの》はいつも不安そうな表情を浮かべてあたふたしている彼を想像した。

いつも頼りなさそうな表情をしているし、レベルも0という通り、覇気は感じられない。

けれど、彼の内心から伝わる強さは本物で、詩乃《しの》は一目見ただけでそれを見抜いていた。

――だからこそ、彼に惹《ひ》かれたのかもしれない。

誰かと関わるという不安を誰よりも知っていたつもりなのに、彼には自ら近づいていった。

そうしなければ、風に乗ってどこまでも飛んでいく鳥のように、もう二度と手が届かないと思ったからだ。

「確証があったわけではなかったんだ。でも……何故《なぜ》か、日向《ひなた》くんなら何とかしてくれるんじゃないかと思えたんだ。聴力は変わることはなかったけど、日向《ひなた》くんのおかげで私の人生は大きく彩《いろど》られたし、こうしてまた本音を話せる友達までできたんだから！」

詩乃《しの》の笑顔が全てを語っている。ひなたはそう感じた。

「だから悩みがあるなら、ひなちゃんもちゃんと彼に相談しよう？　難しいなら私も一緒にお願いしてみるから！」

「詩乃《しの》ちゃん……ありがとう」

「だって私達――友達でしょう？」

「うん」

無表情。でも、その奥にある温《ぬく》もりを知っているからこそ、彼女の言葉が詩乃《しの》にも伝わる。

「そういえば、日向《ひなた》くんから妹と挨拶してくれないかって言われたね？」

「うん。すごく驚いた」

「ふふっ。あの時のひなちゃんったら、ものすごく冷気を放ってたもんね」

「う……」

「妹ちゃん。どんな子なんだろう？　楽しみでもあるけど、ちょっと不安かな？」

「そうだね。私のお兄ちゃんを奪ったねとか言われたらどうしよう……」

「あはは………うん。ちょっと覚悟はしといた方がいいかも。日向《ひなた》くんと妹ちゃんって向こうでは毎日一緒にいたらしいし、甘えないように一か月も連絡取らないようにしてたもんね」

実情を知っているひなたも頷《うなず》く。

「日向《ひなた》くんの妹だから意外なところで頑固な面もあるかも……」

「そうね。そうなりそうだよ。日向《ひなた》くんだって未《いま》だに自分は弱いって言うからね」

「うん。日向《ひなた》くんは生まれながらのレベル０だったから……私では想像もできないかな」

「私も。だから日向《ひなた》くんって優しいのかもね。あ～あ～妹ちゃんとの対話、何だか両親に日向《ひなた》くんをくださいって言うプロポーズみたいな感じになりそうだな」

「うん。そうなりそうだね」

二人はその日を想像しながら紅茶に口を付けた。

甘さが全くないが上品な渋みが口いっぱいに広がった。

あとがき

このたび、レベル0の一巻を手に取っていただき心から感謝申し上げます。

私は重度なゲーマーでして、子供のころから目が覚めたらゲームをやってました。

一番好きなのは、ひたすら同じ場所でレベル上げをするのが好きだったりします。

当作品の元ネタとなるのは『世界にレベルが存在したらいいなぁ』というところから始まり、レベルを上げる楽しさを伝えたい！　なんて思ってたんですが、作品を作るにあたって日向《ひなた》くんを想像したときに、どうしてもレベルをひたすら上げる彼ではなかったんですよね。

そこで思いきって、日向《ひなた》くん〝だけ〟レベルが上がらない世界を書いたら、そこがとても心地よく、日向《ひなた》くんの悩みながら生きてきた過去やひなた、詩乃《しの》、藤井《ふじい》くんとの出会いで、より仲間として深くなる過程が書いてて楽しかったです。

読者様に少しでも彼らの人生が伝わったのなら嬉《うれ》しいです！

次は、私自身のことも少し書かせてください。

私自身、昔からゲームしかせず、小説は一切読んだことがなかったのですが、とある転生したら丸っこい生物になったあの作品を見て、ＷＥＢサイトに原作があると知ってから小説に触れるようになりました。

あれから夢中になって大好きだったゲームもやらなくなり、毎日小説を読み続け――それがまさか数年後には、自分が小説家になっているとは、驚きですね。

小説家になっていろんなことがありました。いろんな方と創作論を話し合ったり、時にはそれで喧嘩《けんか》っぽくなったり、それでも私にたくさんのアドバイスをくださった先輩方々、仲間のみんなのおかげでここまで来れました。これからもよろしくお願いします！

さらに、この場を借りまして感謝を伝えさせてください。小説家になるための大事なことを気付かせてくださった同じ電撃文庫の作家様でもある高橋徹《たかはしとおる》先生。小説の基礎を根気強くたくさん教えてくださった心音《ここね》ゆるり先生。仲間でありローファンタジーを深く話し合ってくれたＫＡＺＵ《カズ》先生。本当にありがとうございました！

普段はＸ（Twitter）やＷＥＢ小説サイトの「カクヨム」にて活動しております。

完結作品も多数「カクヨム」に投稿しておりますので、ぜひ覗《のぞ》いてみてください。

恐縮ですが、当作品が面白かったと思った方は、ぜひカクヨム版レベル０に★を入れてくださると、とても嬉《うれ》し――（殴《おう》）宣伝しすぎですね（笑）これからもレベル０と御峰。の応援をよろしくお願いします！

購入していただきありがとうございました!!

◉御峰。著作リスト

「レベル0の無能探索者と蔑まれても実は世界最強です
～探索ランキング1位は謎の人～」（電撃文庫）

本書に対するご意見、ご感想をお寄せください。

ファンレターあて先
〒102-8177　東京都千代田区富士見2-13-3
電撃文庫編集部
「御峰。先生」係
「竹花ノート先生」係

本書は、ノベルピアならびにカクヨムに掲載された『レベル0の無能探索者と蔑まれても実は世界最強です～探索ランキング1位は謎の人～』を加筆、修正したものです。

電撃文庫

レベル0の無能探索者《むのうたんさくしゃ》と蔑《さげす》まれても実《じつ》は世界最強《せかいさいきょう》です
～探索《たんさく》ランキング1位《い》は謎《なぞ》の人《ひと》～

御峰《おみね》。

2023年10月10日　初版発行

発行者　山下直久
発行　株式会社KADOKAWA
〒102-8177　東京都千代田区富士見2-13-3
0570-002-301（ナビダイヤル）
装丁者　荻窪裕司（META＋MANIERA）
印刷　株式会社暁印刷
製本　株式会社暁印刷

ISBN978-4-04-915204-3　C0193　Printed in Japan

電撃文庫　https://dengekibunko.jp/

電撃文庫DIGEST　10月の新刊　発売日2023年10月6日

豚のレバーは加熱しろ（8回目）

著／逆井卓馬　イラスト／遠坂あさぎ

シュラヴィスの圧政により、王朝と解放軍の亀裂は深まるばかり。戦いを止めようと奔走するジェスと豚。一緒にいる方法を模索する二人に、立ちはだかる真実とは。すべての謎が解き明かされ――最後の旅が、始まる。

ストライク・ザ・ブラッド APPEND4

著／三雲岳斗　イラスト／マニャ子

零菜再び!?　テスト前の一夜漬けから激辛チャレンジ、絃神島の終焉を描く未来篇まで。古城と雪菜たちの日常を描くストブラ番外篇第四弾！　完全新作を含めた短篇・掌編十二本とおまけSSを収録！

ソード・オブ・スタリオン2 種馬と呼ばれた最強騎士、隣国の王女を寝取れと命じられる

著／三雲岳斗　イラスト／マニャ子

ティシナ王女暗殺を阻止するため、シャルギア王国に乗りこんだラスとフィアールカ。未来を知るティシナにラスたちが翻弄され続ける中、各国の要人が集結した国際会議が開幕。大陸を揺るがす巨大な陰謀が動き出す！

悪役御曹司の勘違い聖者生活2 ～二度目の人生はやりたい放題したいだけなのに～

著／木の芽　イラスト／へりがる

学院長・フローネの策により、オウガの生徒会入りと〈学院魔術対抗戦〉の代表入りが強制的に決定。しかしオウガは、この機を利用し彼女の弟子で生徒会長のレイナを奪い、学院長の思惑を打ち砕くべく行動する。

やがてラブコメに至る暗殺者2

著／駱駝　イラスト／塩かずのこ

晴れて正式な『偽りの恋人』となったシノとエマ。だがエマはシノが自分を頼ってくれないことに悩む毎日。そんな折、チヨからある任務の誘いを受けて――。「俺好き」の駱駝が贈る騙し合いラブコメ第二弾、早くも登場！

この青春にはウラがある!2

著／岸本和葉　イラスト／Bcoca

七月末、鳳明高校生徒会の夏休みは一味違う。　生徒会メンバーは体育祭実行委員・教職員を交え、体育祭の予行演習をするのである！　我らがポンコツ生徒会長・八重樫先輩に何も起きないはずがなく……。

新作 赤点魔女に異世界最強の個別指導を!

著／鎌池和馬　イラスト／あろあ

召喚禁域魔法学校マレフィキウム。誰もが目指し、そのほとんどが挫折を味わう『魔女達』の超難関校。これは、魔女を夢見るへっぽこ魔女見習いの少女が、最強の家庭教師とともに魔法学校入学を目指す物語。

新作 組織の宿敵と結婚したらめちゃ甘い

著／有象利路　イラスト／林けゐ

かつて敵対する異能力者の組織に属し、反目し合う目的のために殺し合った二人だったが……なぜかイチャコラ付き合った上に結婚していた！　そんな甘い日常を営む二人にも、お互い言い出せない悩みがあり……？

新作 レベル0の無能探索者と蔑まれても実は世界最強です ～探索ランキング1位は謎の人～

著／御峰。　イラスト／竹花ノート

時は探索者優遇の時代。永遠のレベル0と蔑まれた鈴木日向は、不思議なダンジョンでモンスターたちと対峙していくうちに、レベル0から上昇しない代わりにスキルを無限に獲得できる力を開花することに――？

【画集】
マニャ子画集2 ストライク・ザ・ブラッド

著／マニャ子　原作・寄稿／三雲岳斗

TVアニメ『ストライク・ザ・ブラッド』10周年を記念して、原作イラストを担当するマニャ子の画集第二弾が発売決定！

夢を諦めクソみたいな大人になっちまった俺の人生。
全ての原因は中学時代のアイツ、初恋の彼女、
安芸宮羽純のせいだ――なんて愚痴っていた俺は、
事故に遭いなぜか中学時代へとタイムリープしていた。
初恋の彼女への
告白を、もう一度――
タイムリープで
あの夏の青春をやり直す――!
青春2周目の俺がやり直す、
ぼっちな彼女との
陽キャな夏
Story by igarashi yusaku
Art by hanekoto
五十嵐雄策
イラスト
はねこと
当時は冴えないモブ男子だった俺だが、
あっという間に理想の青春をやり直すことに成功!
あとは安芸宮と過ごした『あの夏』の事件の
真相を暴き、変えるだけのはずだったのだが――。
電撃文庫

Story
木の芽
Illustration
へりがる
悪役御曹司《VILLAIN SCION》の勘違い聖者《SAINT》生活
～二度目の人生はやりたい放題したいだけなのに～
気ままな悪役御曹司ライフのつもりが
勝手に聖者認定!?
[あらすじ]
悪役領主の息子に転生したオウガは人がいいせいで前世で損した分、やりたい放題の悪役御曹司ライフを満喫することに決める。しかし、彼の傍若無人な振る舞いが周りから勝手に勘違いされ続け、人望を集めてしまい?
電撃文庫

命短し恋せよ男《だん》女《じょ》
余命1年でも
恋がしたい!!!
［著］
比嘉智康
Tomoyasu Higa
［イラスト］
間明田
Mamyoda
恋に恋するぽんこつ娘に、毒舌クールを装う元カノ、
金持ちヘタレ御曹司とお人好し主人公——
命短い男女4人による前代未聞な
余命宣告から始まる多角関係ラブコメ!
電撃文庫

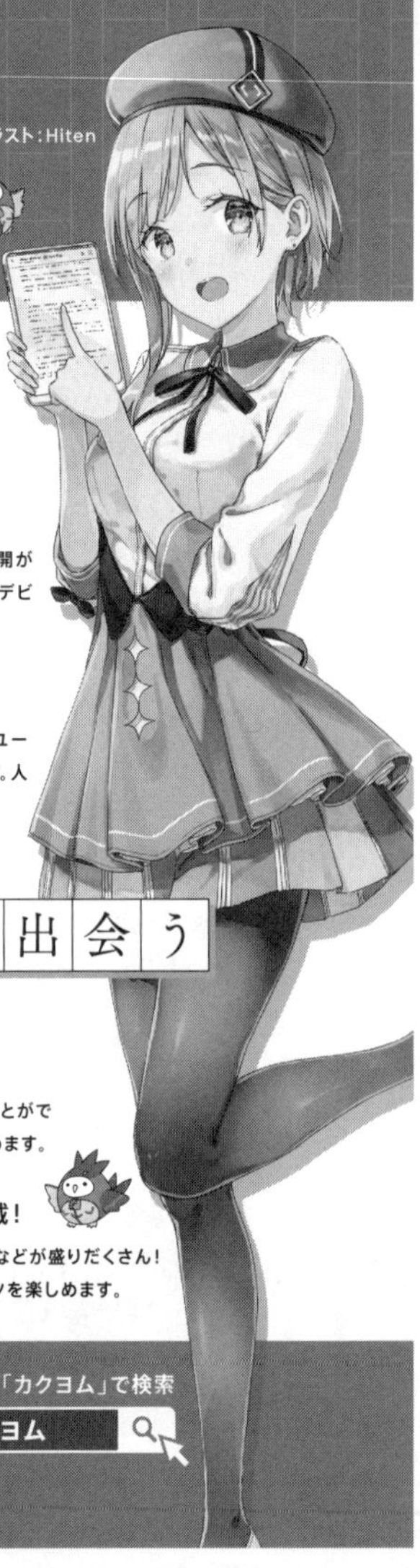

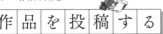